Edition
CONVERSO

Edition
CONVERSO

Yasmine Chami

Tief ins Fleisch

Roman

Aus dem Französischen
von Claudia Steinitz

Für meine Söhne

Ich sage Glück, du meine Geschlagene;
Ein jeder von uns kann empfangen,
Was rätselhaft am Andern,
Ohne das Geheimnis preiszugeben;
Und der Schmerz, der von außen kommt,
Wird endlich abgestoßen
Im Fleische unseres Einsseins,
Folgt endlich seiner Sonnenbahn
Inmitten unseres Wolkenwalls,
Den er zerreißt und neu erschafft.

René Char
Für ***

Namen

Adam, Sohn von Ismaïl und Médée
Aya, Zweitgeborene Tochter von Ismaïl und Médée
Brahim, Vater von Ismaïl, Mann von Hourya
Faïza, Mutter von Médée, Frau von Naim
Hind, Schwester von Ismaïl
Hourya, Mutter von Ismaïl, Frau von Brahim
Ismaïl, Mann von Médée, Vater von Adam, Samia und Aya und Geliebter von Meriem
Jawad, Bruder von Ismaïl
Juan, Partner von Médée
Lilia, jüngere Schwester von Médée
Lotfi, Ehemann von Najia, Schwager von Hourya
Médée, Frau von Ismaïl, Mutter von Adam, Samia und Aya, Partnerin von Juan
Meriem, Geliebte von Ismaïl
Naïm, Vater von Médée, Mann von Faïza
Najat, jüngste Schwester von Ismaïl
Najia, ältere Schwester von Hourya
Sadreddine, Mann von Lilia, Kindheitsfreund von Ismaïl
Safia, »Gute Seele« des Hauses von Ismaïl und Médée
Samia, Erstgeborene Tochter von Ismaïl und Médée
Thomas, Mann von Aya
Youssef, Kinderfreund von Ismaïl
Zahra, »Gute Seele« des Hauses von Hourya und ihren Kindern

Erster Teil

Du, meine Liebe, seit all diesen Jahren

An dem Tag, als Ismaïl seine Frau Médée nach über dreißig Jahren verließ, um zu Meriem zu gehen, die ihn vor der Grenzkontrolle des internationalen Flughafens erwartete, hoffte er, den Knoten von Begehren, Verrat und Gewalt, der sie alle zu ersticken drohte, so ehrenhaft wie möglich zu zerschlagen.

Als er viel später zu begreifen suchte, wie er darauf gekommen war, Médée auf die in seinen Augen erbärmlichste Weise zu verlassen, wusste er nicht mehr, welche vernünftige Überlegung ihn zu der Schlussfolgerung geführt hatte, eine brutale Abkehr ohne Erklärung sei für sie die beste Art, die Endgültigkeit seiner Entscheidung zu akzeptieren. Er hätte nicht zu sagen gewusst, warum aus einem Abenteuer, das er für rein sexuell gehalten hatte und das zweifellos mit ihrer auf so besondere Weise geteilten Anspannung als Chirurgen verbunden war – Meriem und er über den offenen Schädel eines Patienten gebeugt, darauf bedacht, ihre Bewegungen millimetergenau, in einer präzisen Choreographie zu koordinieren –, eine Geschichte geworden war, die ihn zum Gefangenen eines grenzenlosen Begehrens gemacht hatte.

Ismaïl akzeptiert, dass er nicht immer beherrscht, was geschieht, obwohl Beherrschung eine der wichtigsten Tugenden bei seiner Arbeit als Chirurg ist. Er weiß seit Langem, dass das Allmachtgefühl, das ihn jedes Mal überwältigt, wenn ein Mann oder eine Frau den Kopf seinen Expertenhänden überlässt, eine gefährliche Illusion ist. Nicht nur einmal hat er einen Patienten verloren, der genügend Vertrauen in die Präzision seines Könnens gehabt hatte, um das Eindringen des Skalpells in das weiche Fleisch zu akzeptieren, aus dem das Denken und alle Fähigkeiten kommen, die uns lebendig sein lassen. Und trotzdem hat er die Illusion genährt, seine Geschichte mit Meriem vom ersten Tag an im Griff zu haben. Im Vertrauen auf die Beständigkeit der Bindung zu seiner Frau Médée, ihren drei Kindern, ihren Enkeln, wie auf einen sturmfesten Deich, billigte er auf der anderen Seite seinem Leben mit Meriem ein beruhigendes Inseldasein zu. Die erlebten Geschichten werden immer im Rückblick erzählt, das weiß er wohl, durch die scheinbare Kontrolle über den Bericht verschwinden die Fallstricke der Erfahrung, die Risse, die Fehler und das Zögern zugunsten eines einheitlichen Blicks auf das, was gewesen ist. Und dennoch betrachtet Ismaïl, nachdem er die Ernüchterung des erloschenen Begehrens verkraftet hat, die ganze Geschichte wie die eines anderen, so fremd ist sie all dem, was er war und was er nach zwei chaotischen Jahren geworden ist.

Heute irrt er in Unterhosen und zerknittertem T-Shirt durch das verlassene Haus und sucht das Adressbuch aus braunem Leder, in das Médée trotz der überall in den Alltag eindringenden Monitore und Tablets die für das Funktionieren des Hauses unerlässlichen Nummern eintrug – die Kinder machten sich liebevoll über sie lustig: »Niemand, wirklich niemand benutzt noch ein Adressbuch, Mama«, seufzte Samia und lehnte sich an ihren Vater; während sie ihre Mutter kritisierte, spürte er den Waldduft ihrer Haare, die den gleichen Bernsteinton wie die von Médée hatten, die vor ihnen stand. Damals hatte er ihre Verwirrung gespürt, wie er seit mehr als dreißig Jahren jede Regung ihres wachen Geistes, ihrer lebendigen Empfindsamkeit erfasste, auch wenn sie die Wahrnehmungsschocks zu dämpfen suchte, um sie im Atelier auf dem Dach ihres Hauses in Kreaturen aus Stein, Stahl und Glas zu verwandeln: Mit ihnen entfaltete sie die Komplexität eines Universums, in dem allen Hindernissen zum Trotz seltsam zerfetzte und zusammengestückelten Fäden die verrenkten Statuen in aufgeschlitzten Schalen gefangen hielten, dicke Hanf- und Nylonfäden, mit großen, groben Stichen genäht, die deutlich die Mühe verrieten, um die einzeln aufgeschichteten und dann unablässig polierten Kreaturen miteinander zu verbinden. Als er Médée zum ersten Mal begegnete, hatte er mit einem Blick die Kraft des Universums erfasst, das diese junge Frau mit ihrer schwebenden Anmut offenbarte. Im Elternhaus in Tanger, wo die Hochzeit ihrer älteren Schwester mit seinem Kindheitsfreund gefeiert wurde, öffnete sie für ihn die Tür ihres Ateliers im Garten, von dem aus man unter sich das Meer liegen sah. Ebenso tief berührte es ihn, wie sie allein im Garten tanzte, sich mit ausgebreiteten Armen in ihrem elfenbeinfarbenen Kaftan drehte, wie ein Vogel, hatte er damals gedacht. Alles an ihr war anmutig, er beobachtete sie von Weitem, kam dann näher, eingeschüchtert von der Vornehmheit, die Zurückhaltung gebot. Keinen Augenblick im Verlauf der dreißig Jahre, die ihr gemeinsames Leben gedauert hatte, in dem ihr Liebespakt mit der Geburt von jedem der drei Kinder erneuert wurde, die Médée dann jahrelang eng an ihrem Körper hielt; Ismaïl protestierte lachend gegen ihre turbulente Anwesenheit im Ehebett, wo sie ihm den Zugang zum Körper seiner Frau versperrten, die er noch immer mit der gleichen Glut begehrte, und er erwartete den Moment, da Samia, dann Aya und Adam endlich eingeschlafen waren, ihr regelmäßiger Atem eine Ruhepause verhieß, um sie vorsichtig in ihre Betten zu tragen, gefolgt von der barfüßigen Médée. Keinen Augenblick hatte er aufgehört, die Frau zu bewundern, die sich ihm so subtil entzog, dass er sich jedes Mal vergewissern musste, ob er sie wirklich erobert hatte. Obwohl sie ihm eine unerschütterliche Liebe entgegenbrachte, blieb in ihm ein kaum spürbares Zweifeln, ob sie wirklich ihm gehörte. Er sah zu, wie sie die Kinder zudeckte, ihre Stirn mit den Lippen streifte, das Nachtlicht löschte, ein schwaches Leuchten in den liebevoll eingerichteten Zimmern mit den gestickten Decken, Teppichen in sanften Farben, durchsichtigen Kisten, in denen sich bunt durcheinander ihre Spielsachen türmten, mit den Märchenbüchern in den Regalen und den farbenfrohen Bildern, die Médée und die Kinder gemeinsam gemalt hatten. Nichts in seiner Kindheit glich der seiner Kinder. Er beobachtete seine Frau, die nach einer letzten Bewegung, um eine unsichtbare Falte auf einer Decke zu glätten oder einen hervorschauenden Fuß zuzudecken, der so zart war, dass sie nicht anders konnte, als ihn noch einmal sanft zwischen den Handflächen zu drücken, das Nachtlicht löschte.

In gewisser Hinsicht war Ismaïl der Kindheit seiner Kinder fremd geblieben, das erkannte er jetzt in der Eingangshalle. Sie war erfüllt vom zitternden Licht des frischen Märzmorgens, das durch die große Glaswand im Wohnzimmer hereinströmte. Das Unkraut eroberte die Terrasse, die Médée immer so sorgsam gepflegt hatte; er hatte Ba Ahmed für einen Monat beurlaubt und großzügig entschädigt, ebenso die Köchin Safia, die dennoch aus Sorge mindestens alle zwei Tage in das Haus kam, in dem sie im Laufe der Jahre so heimisch geworden war, dass Ismaïl keine andere Wahl blieb, als sie bei sich zu dulden. Sie kochte ihm leckere Gerichte, die er kaum anrührte, lüftete die leeren Zimmer, staubte die Skulpturen ab, sodass ein Fremder, der das Haus beträte, denken könnte, Ismaïl lebe hier weiter, wie eh und je, in der Bequemlichkeit, die Médée mit wachem Auge Tag für Tag für ihn organisierte. Doch ein Blick nur auf die Terrasse, das Unkraut, die erdigen Spuren von Vogelfüßen und Katzenpfoten auf den elfenbeinfarbenen Kissen der Korbsessel um den Tisch mit blauen und grünen Zellij-Kacheln, die Katzen selbst, die in der Sonne lagen und ihre hervortretenden Rippen der Frühlingswärme darboten, und der Eindringling würde begreifen, warum über dem Haus voller Familienfotos, auf denen das Lächeln ihrer drei Kinder strahlte, Reisesouvenirs, Médées gedrängt stehenden Büchern in Regalen aus hellem Holz, Samias ersten Zeichnungen, die einen Teil der Wand bis in eine Ecke des gelb-violetten Salons bedeckten, ein Gefühl von Trostlosigkeit lag, das dem ungelegenen Besucher den Atem nähme, der im ersten Moment doch von der warmen Schlichtheit des Ortes und der nüchternen Eleganz der ineinander übergehenden Räume eingenommen gewesen wäre.

Er steht in der Eingangshalle und sucht die Kaffeetasse, die Safia auf das in Venedig gekaufte Holztablett gestellt hat, dessen mit abgeplatzter Goldfarbe bemalte Voluten die Ecken runden. Médée hatte gelacht, als sie es kauften, sich zärtlich über seinen Geschmack für die banalsten Souvenirs amüsiert, ein fröhliches Zugeständnis an die Vollkommenheit eines Tages, an dem sie zusammen durch die sonnendurchfluteten Gassen geschlendert waren und den kalten Schatten der Kirchen genossen hatten, in denen sie ihn entzückte, wenn sie aufgeregt wie ein Kind vor dem Jesus am Kreuz und den so unterschiedlichen Darstellungen der Mater dolorosa stehenblieb, Ismaïl wartete gern und staunte über ihre Begeisterung für diese himmlische Mutterschaft, immer das Leiden der Mutter, in ihren Armen der Kind-Mann mit seiner Dornenkrone und den tiefen Wunden im gekreuzigten Leib.

Er sucht nach dem Kaffee, den er viel zu laut von Safia verlangt hat, mit einer weit von seiner gewohnten Liebenswürdigkeit entfernten Gereiztheit. Er erinnert sich nicht mehr, wo er die Tasse abgestellt hat, als ihn das Telefonklingeln zwang, die Betrachtung seiner Hände zu unterbrechen, die er vor sich ins Tageslicht mit den Handflächen nach unten ausgestreckt hielt, ihr seit zwei Tagen schwächer werdendes, aber immer noch vorhandenes Zittern: Nicht mehr trinken, und in ein paar Tagen ist die Sache erledigt; seine Neigung zu klaren Diagnosen blitzt auf, verschwindet sofort. »Sieh nur, mein Schatz, die Büste der Jungfrau dort über dem Portal …« Médée stupste ihn an, damit er die Augen zu Maria erhob. Sie standen nebeneinander vor der Kirche Santa Maria dei Miracoli, später lenkte sie seinen Blick nach unten auf den Boden, der ebenso kostbar war wie die Fresken an den Wänden der Kapellen. Die Tasse steht vor ihm auf der Marmorkonsole, er seufzt mit kindlicher Erleichterung, der Kaffee ist lauwarm, etwas bitter, er verzieht das Gesicht, Safia dosiert nie richtig. Médée beherrscht die Kunst des Kaffeemachens, stark genug, damit der runde Geschmack den Gaumen erfüllt, nie bitter, eine scharfgezogene Linie zwischen Stärke und Aroma. Als er vor sechs Monaten mit Meriem durch Paris geirrt war und der Herbstwind über den Boulevard Saint-Germain peitschte, waren sie in die frisch restaurierte Kirche Saint-Germain-des-Prés gegangen. Da ahnte er bereits das Ende ihrer verrückten Geschichte und zeigte ihr die Skulptur, die er insgeheim »Médées Madonna« nannte. Der Riss, der die Skulptur durchzog, hatte den Künstler im 13. Jahrhundert vermutlich an der Weiterarbeit gehindert; wie ihm seine Frau voller Anteilnahme erzählt hatte, konnte man aus einem gespaltenen Stein kein Gesicht erschaffen, aber eine Marienstatue durfte auch nicht zerstört werden. »Stell dir den Bildhauer vor, mein Schatz, der Stein zerspringt unter seinen Fingern, er kann die fast vollendete Madonna nur noch begraben;

sie wurde zufällig an der Place de Furstemberg gefunden und schließlich in dieser Kirche, einer früheren Abtei, aufgestellt. Acht Jahrhunderte unter der Erde geschlafen, den Blicken entzogen, und nun vor uns, sieh nur, wie schön sie ist.« Meriem hatte sie unwillig angeguckt, ohne zu sehen, sie wollte die nüchterne Schönheit dieser Kirche verlassen, es war kalt, sie fröstelte in ihrem dünnen Regenmantel. »Willst du eine heiße Schokolade? Du zitterst ja, Liebste, ich bin unmöglich.« Sie hatten das Kirchenschiff mit schnellen Schritten verlassen, ohne eine Kerze für die ernste, majestätische Überlebende anzuzünden, die ihnen hinterherschaute. Médée kannte die Geschichte der früheren Abtei, ihrer Umbauten, das Wunder der fast unbeschädigt gefundenen Madonna genau, und immer begrüßte sie sie, »Gegrüßt seiest du, Maria, du Widerstandsfähige«, lachte und erklärte: »Sie segnet uns, ich spüre es.« Was hatte er mit Meriem hier gesucht, das Herz schwer ob ihrer endenden Liebe? Frieden? Ein Wunder? Wie hatte er glauben können, Médées Madonna würde sie vor einem angekündigten Ende retten?

Er saß Meriem gegenüber in einem Café in der Rue du Four und sah, wie sie, belebt von den Stimmen der Gäste um sie herum, wieder Farbe bekam, sie schwankte zwischen einer einfachen und einer Wiener Schokolade, wählte dann den Genuss des stärkenden Getränks mit einer großen Sahnehaube und belohnte den Kellner mit einem kindlichen Lächeln. Sie war wieder ganz bei sich, ihr Körper durch das körperliche Glück des Wohlbehagens entspannt. Und in ihm erneut die Dringlichkeit, sie zu berühren, ihr Handgelenk zu streifen, ihre Haut zu spüren, das Begehren, das aufsteigt, sobald sie ihre braunen Augen gierig auf die Menschen ringsum richtet, ihn in der Begeisterung eines flüchtigen Austauschs vergisst, für einen Blick, ein Lächeln, ein unmerkliches Einverständnis mit dem Mann, der am Tresen steht, oder der Frau, die ihre Nachrichten liest. In Sidney, weit weg von den vertrauten Fluren des Avicenne-Krankenhauses, in dem er mit Wohlwollen herrschte, das von gelegentlichen Wutanfällen unterbrochen wurde, die die jungen Assistenzärzte erzittern ließen: Sie beugten sich seiner strengen Kompetenz und seinem Status als Mandarin. In der verchromten Perfektion des OP-Saals in Sidney hatte er zum ersten Mal seit dem Ende seiner Teenagerzeit eine gewisse Schwäche gespürt und zugleich die Vitalität, mit der Meriem ohne jeden Anflug von Koketterie die jungen brillanten Chirurgen begeisterte, die ihre perfekten Handgriffe und die sichere Präzision, mit der sie operierte, schätzten. Dort, im Café, ihr gegenüber, Gefangener eines unmöglich zu stillenden Verlangens nach ihrer Haut, ihrer Stimme, betrachtete er mit geradezu anstößiger Eindringlichkeit und mit Selbstironie ihre kastanienbraun schimmernden Locken, die geschwollenen Augen, und diese Schwellung verlieh ihr eine Verletzlichkeit, die ihn rührte, wie dicke Lider beim Aufwachen, ihr helles Gesicht, eine Maske, deren Geheimnis er nicht durchdringen konnte. Nicht wirklich schön, nicht einmal hübsch, das machte es noch schlimmer; was ihn berührte, war den Blicken verborgen, für ihn allein in der Intimität ihres Seins wahrnehmbar, und weckte sein melancholisches Verlangen, sie zu besitzen. Sie zog ihn am Ärmel, wie neugeboren, »Gehen wir, dann haben wir noch Zeit, an der Bastille einen Spaziergang zu machen«. Sie hatte es eilig, zwei Pariser Kollegen zu treffen, die am selben Kongress teilnahmen und mit denen sie zum Abendessen verabredet waren. Er bezahlte, sie gingen hinaus, erneut dem scharfen Wind, der dröhnenden Straße ausgesetzt, und im Verlangen, sie zu berühren, legte er den Arm um sie, doch sie entzog sich ihm. »Bus oder Taxi?«, »Bus«, sie lachte, genervt von seinem bürgerlichen Zaudern, er wusste, dass sie ihn so wahrnahm, dass sie den wohligen Komfort seiner Gewohnheiten genoss, aber hin und wieder ihre spöttische Distanz bekundete, wie ein diskreter Verweis auf ihre eigene Lebendigkeit, die ihn an die Energie ihres Körpers erinnerte, der ihn anzog, nach dem er sich mit glücklicher Ungeduld sehnte, auch wenn er ihm bewusst die besonnene Präsenz, die ruhige Sicherheit seiner Bewegungen und seinen langsameren, schwereren Körper entgegensetzte, der dem Rhythmus seines Atems folgte.

Mit der leeren Kaffeetasse in der Hand steht er barfuß in der Eingangshalle, die schon von der Sonne gewärmt wird, und stellt fest, dass Médée seine Gewissheit, seinen Körper im richtigen Rhythmus zu bewohnen, niemals erschüttert hat; sie ging voran, ihr Schritt mit seinem im Einklang, leicht an seiner Seite, und beinahe hätte er vergessen, langsamer zu gehen, damit sie nicht außer Atem geriet. Doch sie sagte nichts, war aufmerksam für die Gesichter ringsum, ihre ernsten Augen registrierten die Bewegungen der Straße, die Nuancen der grauen und rosafarbenen

Steine, die Dichte des Laubs, und er spürte das Einvernehmen, das sie verband, und erst jetzt wird ihm bewusst, dass es von ihr eine gewisse Zurücknahme erforderte, die sie auszeichnete und die er irgendwann als ihre Natur angesehen hatte.

Meriem hatte den ganzen Abend gelacht, er hatte sie angespannt beobachtet, die Kollegen waren von ihrer belebenden Begeisterung gepackt. Sie ließ ihre Zähne blitzen, in dieser unverhohlenen Freude lag ein fast schamloses Vertrauen, als dürften die nahezu Unbekannten genießen, was allein ihm vorbehalten war, eine Fröhlichkeit, die ihnen den Zugang zu ihrem Innersten öffnete. Ismaïl beobachtete sie ohne Wohlwollen, sie war offen und redselig, sie wollte gefallen, und aus einem Winkel seines Gehirns, den er selbst nicht mochte, nicht respektierte, tauchte die Bewertung auf, die er so oft von seiner Mutter gehört hatte, wenn junge Mädchen die Junggesellenwohnung betraten, die er im Viertel Agdal bewohnte und in der sie sich ständig aufhielt, seine Wäsche wusch, dem Wundersohn seine Lieblingsgerichte kochte, nachdem ihn die Jahre der Facharztausbildung in Paris von ihr entfernt hatten: »Es fehlt ihr an Zurückhaltung.« Das Urteil fiel wie ein Fallbeil, zertrennte den bloßen Ansatz einer Beziehung. Vor der strahlenden Médée gab es ein Mädchen, das er an der Universität in Rabat kennengelernt hatte, Siham, aus Marrakesch, lebhaft und sanft, voller Hingabe für den jungen Assistenzarzt, der er damals war. Sie hatte ihn lange begleitet, hatte nichts verlangt, sich um seine Wünsche gesorgt, als reichten ihr das Charisma des jungen

Arztes, seine nonchalante Freundlichkeit, seine gelegentliche Aufmerksamkeit. Sie besuchte ihn dreimal in der Woche nach neunzehn Uhr im Wohnheim, doch einer unausgesprochenen Übereinkunft folgend hatten sich ihre Leben nie gemischt. Zumindest hatte er das gedacht, bis zu dem Tag, als ihm Siham, nachdem sie ihr Jura-Diplom erlangt hatte, ankündigte, sie werde Rabat verlassen und nach Marrakesch zurückgehen, ein anderer Mann wolle sie zur Frau, zur Ehefrau. Verblüfft hatte Ismaïl eine Welt unausgesprochener Erwartungen entdeckt, die kurze Beschreibung des anderen aufgenommen, der auf Legitimität bedacht, wohlhabend und standfest war und sie genug begehrte, um zu fürchten, dass er sie verlieren könnte. Anhand dieses Gegenbilds verstand er allmählich, was Siham in den vergangenen Jahren von ihm erhofft hatte; er erfuhr, dass sie ihm sechs Monate zuvor nichts von ihrer Schwangerschaft erzählt und lieber das Risiko einer illegalen Abtreibung in Begleitung einer Freundin auf sich genommen hatte. »Ich habe versucht, es dir zu sagen«, rechtfertigte sie sich, »du hast aber nicht zugehört, du hast mir von einer Patientin mit einem Hirntumor erzählt, die du am nächsten Tag operieren würdest, du warst besorgt, die Operation war sehr heikel, und du musstest sie zum ersten Mal allein durchführen; ich wollte dir nicht ein Leben aufzwingen, das nicht deinen Plänen entsprach.« Aufmerksam hatte er ihr zugehört, gekränkt von dem, was sie ihm zu verstehen gab, seine Leichtfertigkeit in ihrer Beziehung, der Egoismus, mit dem er die Lust genossen hatte, die sie ihm schenkte, ihre Zärtlichkeit, ohne sich je zu fragen, was er ihr im Gegenzug hätte geben können oder müssen, Sicherheit, Präsenz. Die junge Frau hatte ihn noch einmal schweigend angeschaut, in ihrem Blick lag eine neue Ironie, eine Kraft, die ihr der andere Mann gab, die Gewissheit, in Ausschließlichkeit begehrt zu werden, genug, um sie zur Ehefrau zu machen, während er sich um nichts zu kümmern schien, was ihn von seinem einzigen Ehrgeiz ablenkte, der beste Neurochirurg seines Landes zu werden, den Professoren ebenbürtig, die sich seit zwanzig Jahren über den geheimnisvollen Schädel seines jüngeren Bruders beugten, den Wangen seiner Mutter wieder hoffnungsvolle Röte schenkten oder sie vor seinen Augen erbleichen ließen; sie war ihren oft falschen Diagnosen ausgeliefert und verkaufte voller Respekt und Vertrauen in die Grenzenlosigkeit ihres Wissen Stück um Stück den von ihrem Vater geerbten Besitz, in der Hoffnung, eine Behandlung werde das rätselhafte Schweigen ihres Sohnes erklären und heilen, seine Obsessionen, den mechanischen Fluss seiner Rede, sein Eingeschlossensein in eine so eng begrenzte Welt, dass nur die Familienmitglieder sich ihm nähern konnten, ohne dass er in Tränen oder verängstigtes Schreien ausbrach.

Immer hatte zwischen seiner Mutter und ihm der Schatten des anderen Sohnes gestanden, seines Bruders Jawad, so begabt, wie sie ständig wiederholte. Sie beschrieb die Scherze des Kindes mit heiterer Stimme, die die Frau auferstehen ließ, die sie vorher gewesen sein musste und an die er sich kaum erinnerte: das flüchtige Bild einer jungen, fröhlichen Frau voller Arglosigkeit, die gern tanzte und sich mit ihrem Kind im Arm im Rhythmus der wehmütigen Lieder von Abdelhalim drehte. Jedes medizinische Gutachten für Jawad entsprach in seiner Erinnerung einem Umzug, in ein immer kleineres Haus, dann in eine Wohnung mit großen Fenstern in lackierten Holzrahmen, die Mitbewohner waren relativ wohlhabend, Ärzte oder Universitätsdozenten mit ihren Familien, eine ruhige Umgebung, eine schattige Straße in der Nähe des Marktes auf der Place Pietri. Sein Vater kam abends von der Universität nach Hause, die alte, von Papieren mit vielen Randnotizen überquellende Aktentasche schaukelte im Rhythmus seiner raschen Schritte. Ismaïl beugte sich mit anderen Kindern über das Mäuerchen, das den Hof des Hauses umfasste, und erwartete ihn, betrachtete das von einem Lächeln erhellte Gesicht, die faltige Stirn. Oft ging er in die Kammer, die sie hochtrabend »Büro« nannten, mit Regalen bedeckte Wände, in denen sich die Bücher seines Vaters stapelten, der schwere Holztisch und der Sessel mit der durchgesessenen Polsterung, er sah nur den geneigten Kopf, das von grauen Fäden durchzogene Haar, ein Leben anderswo, seine Mutter klopfte zweimal leicht an die Tür, wenn es Zeit war, zu Tisch zu kommen; Ismaïl saß auf dem Bänkchen in einer Ecke und starrte auf die langen Beine, unter den Stuhl geschoben wie die dürren Beine der Klassenkameraden, und wartete auf die Kapitulation vor dem Ruf der Mutter. Sein Vater hob den Kopf, die Hand erstarrte über einem seiner eng beschriebenen Hefte. »Hörst du? In fünf Minuten wird sie ungeduldig, mein Sohn«, und er unterbrach seine Studien über die Folgen des Staudammbaus in der Region Sidi Kacem: die Konzentration alter Kolonialgüter in den Händen großer Clanfamilien, die den dort lebenden Stämmen jede Hoffnung raubten, ihr einstiges Land gerecht verteilt zu sehen, den Aufstand dieser Stämme und seine Unterdrückung durch General Oufkir. An manchen Tagen empfing das Wohnzimmer mit den grünen Brokatbänken eine Gruppe von Wissenschaftlern, zu der sein Vater gehörte, Männer in Cordhosen und grauen oder braunen Pullovern, die hektisch die Namen anderer Männer aufzählten, deren Schriften ihre Position stützten. Unermüdlich analysierten sie die Umsetzung der Agrarreform und die ideologischen Verschiebungen des Regimes, das der politischen Elite, die auf Reformen und soziale Gerechtigkeit drängte, ein atavistisches Misstrauen entgegenbrachte, die Begeisterung der ersten Tage der Unabhängigkeit hatte es mit glitzerndem Schaum bedeckt. Dann richtete die Mutter in der Küche das Teetablett mit Gebäck, das Zahra, die bei ihnen lebte, so lange Ismaïl sich erinnern konnte, für die lebhafte Runde auf den Tisch stellte. Die Entführung Mehdi Ben Barkas in Paris, die Folgen seines Verschwindens, die Mobilisierung der Genossen … Die dumpfen Stimmen der Freunde seines Vaters ließen eine Welt aufscheinen, von der in den schattigen Straßen ihres Viertels nichts zu ahnen war. Mit all seiner kindlichen Kraft hatte er sich gewünscht, zu dieser Welt besorgter und integrer Männer zu gehören, und manchmal spürte er abends, bevor er einschlief, welche Verheißung im ruhigen Ernst seines Vaters lag. Stoisch ertrug er die mütterliche Fürsorge und träumte von dem, was ihn erwartete, wenn er endlich selbst ein Mann wäre, der die Welt erklären würde.

Mein Taumel in all der Erwartung

Das Töpfegeklapper in der Küche reißt ihn aus dem Zauber der Vergangenheit. Safia kocht ihm Gerichte, die er kaum anrührt, abends gibt es manchmal Speisen für kranke Kinder, Milchreis mit Orangenblüte und Mandeln, Backapfel mit Zimt und Honig. Seine Einsamkeit rehabilitiert ihn nach der Abkehr von Médée, man muss ihn trösten, weil er sich in männertypischer und irgendwie verzeihlicher Verrücktheit seiner Frau und seiner Kinder beraubt hat, als könnte die weiche, süße Nahrung das Verlustgefühl dämpfen, das Safia bei Ismaïl vermutet. Aber er findet Gefallen an der Ziellosigkeit, nach so vielen Jahren in den Fluren des Avicenne-Krankenhauses, den Beeper am Gürtel, immer in Bereitschaft. Spät abends kam er nach Hause zu Médée und den Kindern, und die niemals lästige Anwesenheit seiner Frau war ganz anders als bei seiner Mutter, die den Vater mit den Lamenti des Tages, Jawads erhofften Fortschritten und den Geldsorgen im Haushalt empfing. Ismaïl stellt die Tasse auf die Untertasse, die nicht dazu passt, leichter Ärger durchfährt ihn, schnell vergessen. Er weiß nicht mehr, ob noch Whisky in der Flasche ist, die massiven Holztüren der im Bücherregal versteckten Bar öffnen sich vor Kristallgläsern mit dickem Boden, dem Silbereimer, den Zigarettenhaltern und Schatullen aus geschnitztem Zedernholz. Die Küchentür steht halb offen, und Ismaïl überzeugt sich mit einem Blick, dass ihm Safia den Rücken zuwendet, greift nach der Flasche mit der goldenen Flüssigkeit, ein alter irischer Whisky, den ihm ein Kollege von einem Kongress in Dublin mitgebracht hat, klemmt sie unter den Arm und öffnet die Terrassentür. Ein paar Tage ohne Alkohol, er hatte es sich vorgenommen, um das Zittern seiner Hände zu beruhigen. Doch schon der erste Schluck fließt wie ein warmer, lebendiger Strom durch seine Adern, sein Körper erwacht unter der Liebkosung der Sonne, die die Terrasse, den Herrschaftsbereich der Katzen, überschwemmt. Er setzt seinen Weg fort, schubst einen sich räkelnden Kater beiseite, kehrt mit einem erleichterten Seufzer in die Ruhe seines Zimmers mit Blick auf den Garten zurück und nimmt noch einen großen Schluck. Erneut das warme Gefühl bis in die Eingeweide, wie nach der OP, wenn er sich mit Meriem im Ruheraum der Assistenzärzte traf, die Tür hinter sich abschloss, Feuer in den Lenden, lebendig bis in die Zehen, was hatte alles andere noch für eine Bedeutung gemessen am Fest seines glühenden Leibs?

»Du wirst sterben, zu Staub werden nach dem Willen des Herrn.« Die im Wohnzimmer an der Place Pietri versammelten Korangelehrten. Er weiß noch, wie sein Herz damals raste, eine Art Beschwörungszeremonie, die seine Mutter nach dem Verschwinden des Vaters organisiert hatte. Stimmen erfüllten den Raum und verstärkten seine Beklommenheit, als machte ihre Anwesenheit die Abwesenheit unumkehrbar, er verspürte Zorn gegen die Frauen, die eine Gnade zu beschwören suchten, die es nicht gab, das Mitleid eines Gottes, der sich verzogen hatte, als die Männer brutal gegen die Wohnungstür gehämmert hatten, hinter der die Milde eines Herbstabends herrschte, der Wohnzimmertisch bedeckt mit neuen Heften, die zu füllen waren, mit Büchern, Blättern und Studentenblumen: Sein Vater hatte das alles von der Universität mitgebracht und sagte lachend: »Das ist für Ismaïl, unseren künftigen Arzt, was, mein Sohn?«, eine Anspielung auf Ismaïls Versprechen gegenüber seiner weinenden Mutter nach einem ihrer Arztbesuche, die sie in der Hoffnung vervielfachte, Jawad vor einer irreversiblen Verschlechterung zu bewahren, die Ärzte sprachen damals noch nicht von Autismus, der kaum bekannt und beschrieben war: »Weine nicht, Ma, ich werde der beste Arzt von Rabat, und ich werde meinen Bruder heilen.« Als die Männer in Zivil die Tür eintraten, fand der Blick des Vaters den seinen, die Mutter schrie: »Was passiert hier, Brahim?« Der Vater sah ihn weiter an, zwinkerte ihm zu, als wäre es ein Spiel zwischen ihnen beiden. Die Männer kamen herein, stießen die Mutter, die sich ihnen in den Weg stellte, rücksichtslos beiseite und packten den Vater am Arm, »Komm mit«, »Ich würde gern meine Kinder und meine Frau umarmen«, aber sie stießen ihn brutal zur Tür, Ismaïl rannte zu seinem Vater, schmiegte den Kopf an das graue Tweedjackett, Wärme des Körpers, Geruch nach Tabak und Vetiver, dann das Geräusch der Schritte im Treppenhaus und die Abwesenheit.

Er kichert fast im Rausch des dritten Schlucks Whisky, größer und genüsslicher als die vorigen, der wie eine Feuerzunge durch seine Kehle rinnt. Düstere Euphorie packt ihn, während er vor dem verlassenen Ehebett steht, Médée oder Meriem, er weiß es nicht mehr genau, keine hat ihren Abdruck auf den von Safia glattgestrichenen Decken hinterlassen, so glatt, dass das niedrige, breite Bett einem Katafalk ähnelt. Nach ihrer Rückkehr aus Sydney hatte er Meriem zum ersten Mal in dieses Zimmer geführt, es war wie ein Unterpfand für die junge Frau, die seine lange Beziehung mit Médée verletzlich und zögerlich gemacht hatte, so kam es ihm vor: Damals schrieb er ihre Distanz, das Gefühl abnehmender Zuneigung einem Überdruss zu, der bei Meriem aus der Gewissheit erwuchs, dass sein früheres Leben mit Médée, sein harmonisches Familienleben immer das bleiben würde, was für ihn am meisten zählte, wie groß auch das Opfer war, das er gebracht hatte, um sie zum Mittelpunkt seines Lebens zu machen. Deshalb hatte er vorgeschlagen: »Gehen wir zum Schlafen zu mir«, als sie ihm nach dem Abendessen einen fragenden Blick zuwarf: Würden sie die Nacht wie üblich bei ihr verbringen oder nicht? In ihrem von stundenlanger Anspannung im OP gezeichneten Gesicht lag ein seltsamer Ausdruck von Bitterkeit, den sie durch gewollte Albernheit in der Stimme zu mildern suchte, die sie älter machte, als sie war. Er hatte in der Dunkelheit das Gartentor geöffnet, war vorausgegangen, führte sie zwischen den großen Bäumen, dem Stechapfel, der sich unter den süßen weißen Blüten bog, ihr Duft begleitete sie bis zur Haustür; Hand in Hand betraten sie die von der kleinen Lampe erhellte Eingangshalle, die Safia stets einschaltete, bevor sie das Haus bis zum nächsten Morgen verließ.

Meriem blieb stehen, umfasste mit einem Blick die nüchterne Eleganz, ein paar sehr reine Skulpturen von Médée, eine Mutter mit Kind aus weißem Marmor, kaum größer als die, die sie eifersüchtig im Atelier auf dem Dach bewahrt hatte, bis Juan sie dann, Ismaïl erfuhr es erst später, zusammen mit Médées Werkzeugen, mehreren Büchern und einigen Fotos der Kinder nach Paris brachte, eine in Stahldraht gefangene Statuette aus durchsichtigem Harz, getrennt von einer anderen, massiveren, zwischen ihnen Fasern aus zerfetztem Hanf … Meriem hatte schüchtern die Hand ausgestreckt und die heftige Verwüstung berührt. Sie hatte ihre Erkundung fortgesetzt, Samias Zeichnungen betrachtet, die Titel der Bücher gelesen, die sich auf dem niedrigen Tischchen stapelten, in einem liegengebliebenen Skizzenheft geblättert. Überall, das wurde Ismaïl jetzt bewusst, als es zu spät war, stieß sie auf Médée, ihr wie ein durchscheinendes Werk gewebtes Leben, die Vertrautheit einer Familie, als deren Überlebende sie ihn wahrnahm. Nichts in diesem Haus erlaubte Meriem, sich die Zukunft vorzustellen, alles sprach von der gespenstischen Tiefe der Vergangenheit.

In der langen, im einstigen Ehebett verbrachten Nacht spürte Ismaïl, wie sich Meriem versteifte, wie Schauer über ihre Haut liefen, und er berührte auch ihre Grenzen. Eine lange Nacht voll innerer Niederlagen, an deren Ende die Liebenden die Sanftheit des Morgens erlebten, als das Sonnenlicht zwischen den Fensterläden hereinkam und einen Schleier über ihre Qualen legte, eine zerbrechliche Nähe in dem Bett schuf, wo die Kinder von Ismaïl und Médée zwischen ihren Eltern Zuflucht vor nächtlichen Ängsten gesucht hatten. Hätte Ismaïl da begreifen müssen, dass es für Meriem unmöglich war, mit ihm unter diesem Dach zu leben, wo überall die Geister seines Lebens mit Médée herumspukten? In den folgenden Nächten der scheinbar überwundenen Bedrängnis der jungen Frau hatte er trotz ihrer Verschlossenheit bei der Liebe den inneren Rückzug gespürt, der sich auf den Körper übertrug, auf ihre zuvor so offene und vertrauensvolle Sinnlichkeit. Ihre Verkrampfung hatte eine Unruhe in Ismaïl ausgelöst, als würde Meriems Körper plötzlich wieder fremd, kein unbekannter, aber ein unvorhersehbarer Körper, der sich den vertrautesten Regungen der Liebe entzog. Er selbst war erschüttert und verlor die Freude, die ihm die Gewissheit ihrer Verbundenheit geschenkt hatte, fand sie höchstens noch in einer Liebkosung, die wie eine flüchtige Erinnerung war. Er hatte das Gefühl, auf einem Boden zu laufen, der unter seinen Füßen nachgab, seine blinden Hände suchten tastend nach dem, was gestern noch dagewesen war, ohne dass er darüber hatte nachdenken müssen.

Im Überschwang der Begegnung mit dem Neurochirurgen-Team in Sydneys Saint Vincent Hospital hatte ein erster Zwischenfall die Liebenden entzweit, als Meriem Ismaïl vorwarf, sie vor ihren australischen Kollegen wie eine Studentin behandelt zu haben, er hatte nur mit den Schultern gezuckt, aber sie hatten sich schnell wieder versöhnt. Sie waren im riesigen Aquarium der Stadt durch Glastunnel zwischen Haien umherspaziert, deren spindelförmige Körper an den Wänden entlangstrichen – Ismaïl hatte

Meriems Neugier nachgegeben, nach einer OP hastig seinen Kittel ausgezogen und mit einem kurzen Lächeln den Wunsch eines jungen Chirurgen, sie zu begleiten, beiseite gewischt. Eilig hatten sie das Krankenhaus verlassen, um die Entdeckung der Meerestiefen nicht zu verkürzen, die so virtuos nachgeahmt waren, dass sie das Gefühl hatten, ins Herz eines versunkenen Atlantis vorzudringen, durch das Geschöpfe von so unglaublicher Schönheit schwammen, dass sie selbst ganz beliebig wurden und plötzlich die Plumpheit ihrer Glieder, die Rohheit ihrer Bewegungen, das Dröhnen ihrer Stimmen wahrnahmen. Dort, inmitten dieser Wunder der Tiefe hatte Meriem die Harmonie zerbrochen, die sie verband, und sich von ihm gelöst, die Augen voller Zorn: »Sprich nie wieder so mit mir, wie du es vorhin vor Doktor Kingsley getan hast. Ich habe mich noch nie so herabgewürdigt gefühlt!« Er heftete den Blick auf einen Hai, der mit wedelnder Schwanzflosse auf sie zu schwamm. Mehrere Besucher wichen unwillkürlich zurück. Die schmalen Augen des Hais waren ohne Glanz. Ismaïl wiederholte mechanisch »herabgewürdigt«, sie wandte ihm den Rücken zu und ging zwei Schritte auf das Glas zu. Er folgte ihr, hielt sie fest. Nicht hier, nicht jetzt, dach te er und umschlang ihren starren Körper, der allmählich weicher wurde, der Zorn legte sich in der Umarmung, die sie wohl als Ausdruck des Bedauerns interpretierte. Er wusste, was sie verletzt hatte, sein Kommentar zu einer gewagten Geste, Meriem neigte dazu, Risiken einzugehen, um eine Hirnschädigung so präzise wie möglich zu reparieren, doch ihm missfiel das respektlose Vertrauen mancher Chirurgen in ihre Handgriffe; niemals eine lebenswichtige Funktion gefährden, immer weiter verbessern, doch es gab die absolute Grenze, nicht zu gefährden, was unversehrt ist. In ihrem übertriebenen Vertrauen in die Unfehlbarkeit ihrer Eingriffe sah er das Merkmal einer neuen Generation von Praktikern, unterstützt von starken Computern, oft auch durch Roboterarme, die sie wie Techniker auf Abstand zum unmittelbaren Eingriff und seiner Ausführung im Körper hielten; Ismaïl misstraute diesen chirurgischen Maßnahmen, die den Chirurgen von der weichen, stellenweise fast flüssigen Materie trennten, in der das Denken, die Sprache, das Lachen entstehen. Meriem verteidigte den Einsatz von Robotern in der Chirurgie. »Du siehst es doch, der Eingriff ist einfach präziser, auf den Millimeter genau berechnet«, versuchte sie Ismaïl zu überzeugen, er aber sträubte sich, hielt ihr den Verlust des Gefühls für die Bewegung entgegen, durch das der Chirurg seine anfängliche Intuition bestätigen, aber auch modifizieren könne, dieses Gefühl werde eine Maschine nie ersetzen. »Generationenkonflikt«, hatte ein australischer Kollege am Ende einer lebhaften Debatte lächelnd gesagt, die Feststellung hatte Ismaïl wie eine Warnung getroffen, die ihm subtil sein baldiges Aus ankündigte, wenn er darauf bestand, die Vorteile überholter Praktiken geltend zu machen. Die rasanten technologischen Fortschritte der letzten zehn Jahre drohten ihn dessen zu berauben, was das Kapital seiner eigenen Lehrer gewesen war, die heilige Erfahrung der großen Meister, die von den Studenten wie unanfechtbare Idole verehrt wurden. Er wusste, dass es harte Zeiten für die Älteren waren, er selbst hatte früher an der Jagd teilgenommen, die Sicherheit seiner Bewegung mit der Überheblichkeit des jungen Chirurgen verbunden, der seinen Lehrer zum ersten Mal schwanken sieht, den Schmerz verräterischer Lendenwirbel bei einem langen Eingriff wahrnimmt; manchmal, kaum sichtbar, zitterte das Skalpell im kalten Licht des OP, ein Zeichen für die lauernden Kollegen, und er, bereit zu assistieren, übernahm geschickt einen Schnitt, dessen Präzision ihn begeisterte und den er auf ein Nicken des Meisters, dem er alles verdankte und dessen baldiges Ende er vorhersah, vollendete. Was Meriem, deren messerscharfe Intelligenz ihm vertraut war, offenbar getroffen hatte, war das, was sie hinter dieser Bemerkung gehört hatte, ein Urteil über ihre Reife als Praktikerin, eine indirekte und nicht sehr anständige Art, mit dem australischen Chef ein Bündnis gegen die hochbegabte junge Frau zu schließen, denn in dem Moment, da er sich von ihr unmerklich in seiner eigenen Position bedroht fühlte, hatte er vergessen, wie sehr er sie begehrte.

Der Aufenthalt in Sydney war für Ismaïl in mehrfacher Hinsicht eine Wende, nicht nur, weil er seine Frau nach dreißig Jahren Ehe in einem Flughafen verlassen hatte, eine Handlung, die ihm erst viel später absurd vorkam. Im Moment der Abkehr war der Bruch für ihn schon seit mehreren Wochen vollzogen, der Schmerz blieb seltsamerweise aus, weil in diesem Moment sein Denken und sein Verlangen nur von der Dringlichkeit bestimmt wurde, Meriem wiederzusehen, die in diesem Moment nicht ahnte, dass er Médée geopfert hatte. Das offenbarte er ihr erst im Flugzeug nach Sydney, als sie Seite an Seite in den blauen, seidigen Decken lagen, die fürsorgliche Stewardessen den schläfrigen Passagieren gebracht hatten. Er erinnert sich an Meriems ungläubiges Gesicht, endlich hatte er Médée verlassen, für sie, seine einstige Studentin, niemals hatte sie an diese Möglichkeit gedacht, von einem Tag zum anderen lebte sie eine Leidenschaft, der sie keinen Namen gab, wie sie ihm gestand, und die in ihr junges, ganz der Chirurgie geweihtes Dasein eingebrochen war, während sie darauf brannte, im Bewusstsein ihrer außerordentlichen Fähigkeiten mehr und mehr zu lernen. Bevor ihre Geschichte mit Ismaïl begann, hatte Meriem von einem Stipendium geträumt, um ihre Ausbildung bei einem renommierten Team amerikanischer Neurochirurgen in New York fortzusetzen. Sie hatte sich bei mehreren Krankenhäusern beworben, die Bemühungen wurden durch ihre Professoren unterstützt, aber sie war ohne jede Berechnung, hatte nicht um die wirkungsvolle Unterstützung durch Ismaïl gebeten, sondern die eines anderen Chefarztes vorgezogen, dessen Lieblingsstudentin sie während ihrer Assistenzzeit gewesen war. Als er ihr nun die Trennung von Médée mitteilte, ohne je zuvor geäußert zu haben, dass er daran dachte, sein Leben zu ändern und damit auch ihres, wie sie nun begriff, als sie erschüttert die Gewissheit dieses endgültigen Bruchs erfasste, denn er hatte seine Unumkehrbarkeit durch die Abkehr selbst besiegelt; wie um alle Brücken abzubrechen, nicht mehr zurückzuschauen, brachte ihr Ismaïl ein so schweres Unterpfand ihrer Vereinigung dar, dass sie wankte, als sie es empfing. Zugleich katapultierte er sie an einen Platz, von dem sie nicht geträumt hatte, sie sah sein stabiles, erfülltes Leben, weshalb sie akzeptiert hatte, auf andere Weise Teil davon zu sein. In der Liebe, die sie in sich wachsen spürte, wie man ein neues Leben spürt, das das eigene unwiderruflich verändert, lag eine verzweifelte Dringlichkeit, sich außerhalb ihrer woanders gelebten Leben wiederzufinden. Seines war randvoll mit Familienmahlzeiten, fröhlichen und vornehmen sozialen Beziehungen, zumindest stellte sie es sich an den Sonntagen so vor, wenn sie ihn am Abend in ihrer Wohnung erwartete, die, obwohl sie schon Mitte dreißig war, noch Spuren ihres freien, sorglosen Studentinnenlebens mit selbstgemachtem Komfort trug, gespannte Leinen im winzigen Badezimmer, auf denen die Wäsche trocknete, ihre Büstenhalter aus Baumwolle und weißer Spitze, die schwarzen oder hautfarbenen Strümpfe, Jeans, deren enge Beine im Winter durch die Hitze des mobilen Gasheizers ganz steif waren, das alte Sofa im Wohnzimmer, mit einem bunten Tuch bedeckt, um die Risse im Bezugsstoff zu verstecken, die Bücherstapel auf dem Tisch, die alten, von ihrer Mutter genähten Brokatvorhänge.

Wenn Ismaïl die Wohnungstür öffnete, für die sie ihm einen Schlüssel gegeben hatte, kam es ihm vor, als begegnete er einer längst vergangenen Version seiner selbst. Er ließ sich mit einer Unbekümmertheit auf das alte Sofa fallen, die aus einem früheren Leben kam und die er hier wiederfand, stöhnte über die bequeme, etwas zu weiche Polsterung, von Meriems leichtem Körper nicht eingedrückt, aber allmählich mit seinen Abdrücken versehen. Auf dem Teppich aus Taznakht, wo sie während einer Parisreise

Médées, die die Kinder besuchte, zusammen gewesen waren – und Ismaïl das tiefe Glück mehrerer Nächte mit Meriem genossen hatte, ihren lauten, von kindlichen Zuckungen begleiteten Atem, die Wärme ihres festen Körpers, ihre Locken auf dem Kopfkissen wie ein von leuchtender Röte durchzogener Wasserfall, ihre rührenden, halb geöffneten Augen –, lag auch ein eckiger Puff aus glattem Samt. Er erinnert sich genau, dass ihm, als er sie beobachtete, während sie in der Werkstatt, wo sie gemeinsam den Teppich ausgewählt hatten, den er ihr dann schenkte, einer alten Frau mit tätowierter Stirn zuhörte, der Gedanke an ein Kind mit ihr, fröhlich und mit schmalen Augen, durch den Kopf geschossen war. Vier erfüllte Tage in der Region Taroudant, in der kleinen Stadt Taliouine, eingehüllt in die Düfte des Safrans, der auf Terrassen an den Berghängen angebaut wird, wo sie in einem entzückenden, von Meriem ausgesuchten Hotel geschlafen hatten, dessen Besitzerin Souad großzügig die Augen vor ihrem Status als illegitimes Paar verschloss und kein offizielles Ehedokument verlangte. In jenem November verfolgten sie im strömenden Licht des eisigen Himmels die unaufhörliche Bewegung der Bauern, die sich über die Pflanzen beugten, um vorsichtig die blauen Blüten zu pflücken, aus denen sie dann das kostbare Gewürz gewannen. Am zweiten Tag waren sie bis zu den Schluchten von Tislit gefahren, waren rund zwei Stunden am Wadi entlanggewandert und hatten die Bergspitzen bewundert, die wie Schutzgottheiten aus der Erde aufragten. Meriem war wie besänftigt, er spürte ihre tiefe Verankerung zwischen den Menschen, sie legte eine wohltuende Einfachheit an den Tag, wollte nicht denken, nicht kommentieren, wollte leben, ohne zu verändern, was sie erlebte, ohne es sich anzueignen, ihre Spontaneität erinnerte ihn an die Sicherheit ihrer Handgriffe im OP, an die unmittelbare Intuition für das, was gegeben ist. Er hörte nicht auf, sich an ihr zu ergötzen, wie man seinen Durst an einer klaren Quelle stillt, die nicht versiegen wird. Ohne darüber nachzudenken, ohne es auch nur zu merken, gab sie ihm die Unmittelbarkeit der Tage, die Gewissheit seines Körpers, seines Atems, des Bodens unter den Füßen zurück, all das, was man ihm geraubt hatte, als er sah, wie sein Vater aus der Wohnung gezerrt wurde.

Nichts, was da altern, nichts, was erkalten kann;

Die Panik seiner Mutter in den Tagen nach Brahims Verschwinden, die Hartnäckigkeit, mit der sie die Familienmitglieder anflehte, von denen sie irgendeine Intervention erhoffte, ihre Schwäger bedrängte, die ebenso ohnmächtig und verzweifelt wie wütend waren – wir hatten ihm gesagt, er soll die Publikationen einstellen, er hat mehrere Warnungen erhalten, schau dir an, was sie mit Mehdi und den anderen gemacht haben –, hatten Ismaïl weniger erschüttert als das, was zwischen dem Augenblick, als er seinen Vater umarmte, das Gesicht in das Tweedjackett mit dem vertrauten Geruch nach Tabak und Vetiver drückte, und der folgenden Sekunde für ihn geschehen war, der radikale Entzug, dessen Gewissheit ihn mit dem brutalen Zuschlagen der Tür hinter den drei Männern getroffen hatte. Erst zwei oder drei Tage nach der Entführung, dem *Verschwinden von Brahim*, wie man sich in der Folgezeit angewöhnte, das eigentlich nicht zu benennende Ereignis zu nennen, wandelte sich die Intonation derjenigen, die es mit gedämpfter und dunkler Stimme zu erwähnen wagten, *sie haben ihn verschwinden lassen*, so sprachen sie von seinem Vater, die Unbestimmtheit der Identität der Ausführenden trug dazu bei, die Hoffnung zu verdüstern, ihn eines Tages wiederzusehen, das Wort *verschwinden* enthielt die schrecklichsten Möglichkeiten. Seine Onkel senkten die Stimme und zählten all diese Möglichkeiten auf, mehrjährige Gefangenschaft, Folter oder einfach Exekution, unmöglich im Moment, es zu wissen, sie bemerkten nicht, dass Ismaïl hinter der Wohnzimmertür versteckt war und die Gespräche der Erwachsenen belauschte.

Im Begriff Exekution lag etwas Martialisches, Unmittelbares, das nicht mit dem zusammenpasste, was er von seinem Vater wusste, der, über seine Forschungen gebeugt, unablässig Seiten füllte, die seine Heimat, sein Land, dessen Bewohner beschrieben. Wieso bedrohte dieser Mann, dessen Leben der Suche nach der Wahrheit gewidmet war, die Ordnung der Gesellschaft? Die weißen, etwas fleckigen Hände seines Vaters, die Handflächen, die seine Wange streichelten, die mit Sommersprossen übersäten Unterarme, die man nur im Sommer sah, wenn er in seinem Büro mit geschlossenen Fensterläden die Ärmel hochkrempelte und die gleichmäßige Hitze mit einem Ventilator bekämpfte, dessen Surren den ruhigen Gang seiner Gedanken nicht unterbrach, und hinter der geschlossenen Tür das Hin und Her der Mutter, die die Sommerreise in den Norden, in das weiß gekalkte Haus der Familie am Berghang organisierte. Die Cousins, die eine undisziplinierte und lärmende Bande bildeten, rannten in einer Viertelstunde bis zum Meer, das sich von der fayencegekachelten Terrasse aus an den Himmel geschmiegt dem Blick darbot; wie an das Verschwinden desjenigen glauben, von dem er spürte, dass er lebte?

Sie lagen im Bett des Hotelzimmers, hatten die Fensterläden geschlossen, aber das Licht überlistete das Hindernis des angestrichenen Holzes, drang zwischen den Ritzen der Läden herein und offenbarte ihre verschlungenen Körper. »Meine Liebste«, flüsterte er, und alles in ihm liebte sie. »Ich habe auf diese Ferien gewartet, nicht, weil ich mich so darauf freute, meine versammelten Cousins, Tanten und Onkel wiederzusehen, sondern weil meine Mutter dort Jawads Krankheit vergaß, und ich auch. Vielleicht heilte das Zusammenspiel von Bergen und Meer uns alle, einen Monat lang hatte unser Leben etwas Freies, Wildes, wurde uns eine intensive Fröhlichkeit geschenkt.« Meriem hörte ihm im Halbdunkel zu, ihr aufmerksames Schweigen hüllte ihn ein. »Jawad veränderte sich im Haus, er verbrachte seine Tage damit, am Meer zu zeichnen, er lächelte fast, und meine Mutter fand ihre Fröhlichkeit und Energie wieder. Am meisten genoss ich die Morgen mit meinem Vater, zu zweit gingen wir hinunter zum Meer, manchmal hielt sich der Nebel noch und ließ die letzten Sterne erblassen, ich erinnere mich an den Geruch des Eukalyptus und den stärkeren des Mittelmeers, das Boot meines Vaters war bereit, es hatte einen kleinen Motor, den man anwarf, indem man an einem Stahlseil zog, das einem in die Finger schnitt, das Wasser war spiegelglatt, nur wir und dieser Himmel, das dunkle, doch schon durchsichtige Meer.« Er verstummte. Sie bedrängt ihn nicht, ihre Hand lag in seiner, er sprach weiter, unterbrach die Erzählung: »Dieses Gefühl habe ich in diesen Tagen, die Ferien, weißt du, die Zeit zum Leben, das ist schon was.« Sie hatte zugestimmt: »Ja. Das ist schon was.« Das war schon was, diese blauen Stunden, plötzlich golden verschleiert, wenn die Sonne die Reste der Nacht hinwegfegte und sie zurückkamen, den Eimer voller Fische mit glänzenden Schuppen, sein Vater schätzte den Fang ab und lächelte beim Gedanken an die Bewunderung der Frauen, die ihre Beute zu einem duftenden Schmaus verarbeiten würden, der mit dem Saft der im Hof gepflückten Zitronen besonders köstlich war. Er schenkte ihm das Meer: »Na los, mein Junge, ab ins Wasser, bevor wir zum Frühstück gehen.« Und Ismaïl tauchte mit gestrecktem Körper kopfüber ins kalte Wasser, sein Vater sollte stolz auf ihn sein; die Lider schwer vom Salz suchte er den Blick des fröhlichen Mannes und war glücklich, sein Sohn zu sein. Dann mussten sie nach oben, die Sonne begann am Tag zu nagen. Sie vertäuten das Boot, schlugen feste Knoten in das Seil, das es mit dem alten Steg verband, und gingen am schroffen Felsen hinauf bis zu der blaugestrichenen Tür, eingerahmt von Bougainvilleas und rosa Oleander, die seine Mutter jeden Morgen goss. Sie war schon lange aufgestanden und erwartete sie auf der Schwelle, und jedes Mal entdeckte Ismaïl aufs Neue die Liebe, die seine Eltern verband, Brahims Blick auf seine Frau, ihr offenes Haar im Sonnenlicht, ihr von der Sommerbrise hochgeschlagenes weißes Kleid, eine Liebe ohne Worte, fast ohne Gesten, er reichte ihr den Eimer, sie bewunderte den Fang, Vater und Sohn folgten ihr in die Küche, wo der Duft von warmem Kaffee und *Baghrir* allmählich die Bewohner des Hauses aufweckte.

Was Meriem ihm zurückgab und was er vor so langer Zeit verloren hatte, dass er vergessen hatte, es verloren zu haben, war dieses Gefühl voller Einfachheit, die Selbstverständlichkeit ihres Atems, ihrer Bewegungen, sein Atem, der in dem Moment gestockt hatte, da seine Hände ins Leere gegriffen hatten, des Körpers seines Vaters beraubt waren. Kein Tag war seither vergangen, ohne dass, für den Bruchteil einer Sekunde, eine angedeutete Bewegung, eine empfundene Freude, eine Umarmung von der spontanen und abgrundtiefen Vergegenwärtigung des Verlustes und der Aufwallung der brennenden Angst unterbrochen wurde: Was haben sie mit ihm gemacht, was ist aus ihm geworden? In diesen Augenblicken kam es Ismaïl vor, als könnte nichts ihm die Kraft geben, zu vollenden, was er an jenem Abend begonnen hatte, als er sich zu spät gegen die zugeschlagene Tür geworfen, mit der Gewalt der Verzweiflung dagegen getrommelt hatte, festgehalten von seiner Mutter, deren schmale Hände ihn daran hinderten, den drei Männern hinterherzurennen, die von der Nacht verschluckt wurden; wie sollte er weiteratmen, ohne dass in seinem Körper der Kloß von Wut und Ohnmacht explodierte, die ihn hinwegzureißen drohten? Die nächsten Tage waren im Warten auf Nachrichten vergangen, überlagert vom Schluchzen der Mutter, ihren verzweifelten Telefonanrufen, um zu flehen, zu fordern, zu fragen, und Ismaïl erlebte den Zusammenbruch dieser stolzen Frau, die nach stundenlangem Warten im kalten Vorzimmer eines Würdenträgers stammelnd bettelte, worauf man ihr mit zynischer Freundlichkeit oder gelangweilter Anteilnahme versicherte: »Sie müssen Geduld haben, wir werden das Unmögliche möglich machen, Lotfi ist ein alter Freund, wir kennen uns aus der Schule.« Lotfi war der Mann ihrer ältesten Schwester Najia, ein Geschäftsmann, der für die Schwägerin, die er sehr mochte, seine zahlreichen Bekannten in der öffentlichen Verwaltung um Hilfe gebeten hatte. Aber auch Lotfi ermahnte sie irgendwann: »Hourya, du kannst nicht länger so leben. Es kann sein, dass Brahim nicht zurückkommt, wir wissen nicht, was geschehen ist, du musst zu Kräften kommen, dich um deine Kinder kümmern, sie können nicht so weitermachen, ohne den Vater und ohne die Mutter. Ich bin für euch da, du weißt doch, du kannst dich auf mich verlassen, auf uns alle kannst du dich verlassen.« Die Antwort der Mutter war ein dumpfes Stöhnen, eine Klage, die Ismaïl nie vergessen würde, als hätte sein Onkel das Todesurteil für Brahim verkündet. »Warum ist er nicht im Gefängnis?«, fragte sie, und der mechanische Tonfall ihrer Stimme berührte Ismaïl mehr als alles andere, sie wiederholte eindringlich »Warum ist er nicht im Gefängnis?« Sein Onkel antwortete nicht, weder an jenem Tag noch später, angesichts ihrer Hartnäckigkeit wurden seine Besuche seltener. Brahim hatte seine fröhliche und brüderliche Welt mit sich genommen, das Rascheln der Bücher, die Treffen, bei denen seine Freunde und er voller Leidenschaft die Situation in ihrem Land oder auch die in Palästina kommentierten, die lustigen Tafelrunden am Sonntag, den großzügigen Optimismus, mit dem er auf seine Studenten schaute, seine Leidenschaft für Gerechtigkeit und Wahrheit.

Zurück blieb ein trostloses Haus, durch das seine Mutter wie eine verlorene Seele irrte, wenn sie nicht in der mit jedem Tag schwindenden Hoffnung auf eine zuverlässige

Information über das Schicksal ihres Mannes zu ihren Bekannten rannte. So hatte er seine Jugend durchlebt und seine Mutter unterstützt, die kämpfte, um ihre vier Kinder durchzubringen. Zu der bescheidenen monatlichen Zahlung von Lotfi, der sie nicht ganz im Stich ließ, kam ihr Gehalt als Gymnasiallehrerin. Sie hatten alle gelernt, ohne Brahim zu leben, und warteten weiter auf ihn. Hourya bekam Besuch von ihren ehemaligen Schülern, von einem Kollegen oder von Bekannten aus der Abteilung für Sozialwissenschaften der Universität. Manchmal verschwand sie selbst, vertraute Zahra die Sorge für die Familie und vor allem die Aufsicht über Jawad an, und bevor sie fortging, rief sie Ismaïl und sah ihm tief in die Augen, »Ich vertraue dir deinen Bruder und deine Schwestern an, sorg dich nicht, ich komme zurück«, dann verschwand sie mit eiligen Schritten. Wenn sie zurückkam, ging sie zu ihrem Sohn, der über seine Hefte gebeugt saß, und legte ihm die Hand auf den Kopf: »Gott segne dich, du gleichst deinem Vater, derselbe Durst zu wissen, zu lernen, du wirst der beste Arzt werden, er hat es immer gesagt, ›Du wirst sehen, unser Ismaïl wird ein großer Chirurg, wenn Gott es will‹.« Sie setzte sich erschöpft auf sein Bett, zog mit müden Bewegungen den Mantel aus, und er betrachtete das Gesicht seiner Mutter, das seit Brahims Verschwinden fahl geworden war, wie mit einem trüben Film bedeckt, der ihre goldene Haut auslöschte, tiefe violette Ringe lagen unter ihren schwarzen Augen, die wie verwundete Vögel umherirrten. »Dein Vater wird stolz auf dich sein, wenn er zurückkommt.« So sprach sie, als würde Brahim auf jeden Fall wiederkommen, und immer fügte sie mit einer zitternden Hoffnung in der Stimme hinzu: »Er lebt, ich weiß es aus sicherer Quelle, ich habe heute wichtige Leute getroffen, sie werden ihn freilassen, es ist eine Frage der Zeit.«

»Eine Frage der Zeit, Mama, aber wie viel Zeit? Wo ist er? Haben diese Leute es dir gesagt?« Sie öffnete die Hände, die leeren Handflächen auf den Knien, ohnmächtig gegenüber dem Zorn des Sohnes.

»Eine Frage der Zeit, mein Liebling«, das hat auch Meriem gesagt, als sie ihm von der Antwort des New York Hospital erzählte, das ihre Bewerbung für eine Zusatzausbildung in der Neurochirurgie des Cornell angenommen hatte, sie war so begeistert, dass sie ihm von ihrem Plan und auch von der Unterstützung seines langjährigen Kollegen erzählt hatte. »Aber ich hatte gar nicht mehr daran gedacht, die Zusage war so unwahrscheinlich, ich habe mir überhaupt keine Illusionen gemacht, habe meine Bewerbung nur geschickt, damit ich es nicht eines Tages bereue«, antwortete sie auf seine Frage, warum sie ihm nicht davon erzählt habe, als sie den Antrag abgeschickt hatte, und in ihrer Stimme lag glückliche Aufregung. Erschüttert hatte er begriffen, wie wenig sie im Grunde an ihre Liebe geglaubt hatte, wenn sie sich eine Ausflucht organisierte, um der Falle einer Beziehung zu entgehen, die in ihren Augen durch die Ehe von Ismaïl und Médée zum Scheitern verurteilt war. Heute ist er selbst mit der Zeit konfrontiert und steckt in der Falle ihrer Zahnräder, die ihn sorgfältig zerfetzen, ihm langsam alles nehmen, woran ihm liegt, und wieder streckt er die Hände vor sich aus, die Handflächen zum Boden, das Zittern ist kaum wahrnehmbar, nur durch die Fingerspitzen gehen schwebende Bewegungen, wie Mikroorganismen in dem Licht, das durch die zugezogenen Vorhänge eindringt. Hourya zählte die Tage, klammerte sich an die Versprechen ihrer Schwester Najia: »Lotfi isst heute Abend mit General X, danach wissen wir mehr, sei geduldig, quäl dich nicht, deine Kinder brauchen dich.« Sie verabschiedete seine Mutter und ihn wie zwei Verstoßene im belebten Haus seiner Tante, die die Gattinnen der Notabeln empfing, mit denen ihr Mann verbunden war, sie begleitete ihre Schwester zur Tür, entschuldigte sich bei ihren parfümierten Freundinnen in seidigen Kleidern und mit dem klaren Blick von Frauen, deren Ehemänner am richtigen Platz sind, unverrückbar an der Spitze der Verwaltung stehen, die ihnen Anerkennung und großzügige Bezüge sichern. »Ich ruf dich morgen an, meine Liebe, kommt gut nach Hause«, und sie drückte ihr zusammen mit einem Päckchen von dem Gebäck, das sie auch ihren Bekannten servieren würde, einen Hundert-Dirham-Schein in die Hand. Waren es die Sorgen, der Kummer ob der Ungewissheit über das Schicksal seines Vaters? Unter dem süßlichen Rosenparfum spürte Ismaïl, der die Hand seiner Mutter hielt, einen leicht scharfen Geruch, nach dem er wie ein junger Hund an ihren Schläfen, ihrem Haaransatz schnupperte, während er sie hastig küsste, und mit unaussprechlichem Grauen erkannte er ihren Mut und ihre Verzweiflung, was würde passieren, wenn auch sie eines Tages verschwand? Einmal war sie später gekommen. Ihren Stundenplan im Lycée Lalla-Aïcha, wo sie Mathematik unterrichtete, kannte er auswendig. Er hatte seine offenen Hefte liegenlassen und war losgestürmt, war auf der Suche nach ihr mit einem Schluchzen in der Kehle durch die Straßen gerannt, hatte die Händler im Viertel befragt, bis er eine zarte Gestalt vor sich sah, die er von hinten kaum erkannte, seine Mutter kam mit kurzen Haaren aus dem Friseursalon in einer Querstraße der Place Pietri, er hatte gezögert angesichts der vertrauten Bewegung, mit der sie ihre Strickjacke über dem Rock glattstrich, der alten, aber gepflegten grauen Pumps an ihren Füßen, »Mama!«. Im hereinbrechenden Abend hatte sie sich umgedreht, die Augen voller Zärtlichkeit, ihr Gesicht von dem kurzgeschnittenen Haar umrahmt, bis in die Knochen hatte er ihre Jugend, ihre anrührende Weiblichkeit gespürt, während er neben ihr im frischen Oktoberwind die Straße entlanglief, er war schon größer als sie und erkannte in diesem Moment seine männliche Kraft, sie legte für einen Moment den Kopf an seine Schulter: »Mein Sohn, wie ähnlich du deinem Vater bist.«

An einem Abend hatte er Meriem vom Verschwinden seines Vaters erzählt, er lag, den Kopf auf ihren Knien, auf ihrem etwas zu weichen Sofa, sie liebkoste seine Haare, eine Mischung aus kupferfarbenen und hellgrauen Holzspänen, und blieb stumm, während er von dem Verantwortungsgefühl erzählte, das ihn nicht mehr verlassen hatte. »Verantwortlich für wen?«, hatte sie schließlich leise gefragt. Während sie unablässig und eifrig wie ein Kind die Falte glattstrich, die seine Stirn durchzog, antwortete er: »Für meine Mutter, für meinen Bruder, für meine Schwestern bis zu ihrer Hochzeit, dann für meine Frau und meine Kinder, für meine Patienten, für die jungen

Chirurgen, die ich ausbilden muss.« Sie sagte nichts. Er lachte kurz: »Eigentlich für alles, außer für meine eigene Freude. Meine Freude bist du, das, was wir erleben, ohne Last, ohne Fragen, ohne Furcht.« Sie hatte die Beine angezogen und ihn weggeschoben, aber er ließ den Kopf in ihrem Schoß, umarmte ihren Oberkörper, um ihre Wärme zu spüren. »Man fürchtet nur für das, was man liebt. Belasten kann nur, was zählt. Meine Liebste.« Sein Ernst erschreckte sie, aber sie beugte sich über ihn, mit offenem Blick, ohne Schatten. Und er umschlang sie noch fester, verdrängte den Gedanken, der einen kaum wahrnehmbaren Riss öffnete, sie gab ihm etwas zu verstehen, den Anfang einer Bitterkeit bei der Frau, die er liebte.

Vor ihm, auf der kleinen Konsole, die Médée aus Rosenholz geschnitzt hat, in dem Schlafzimmer, das sie viele Jahre geteilt haben, schaut ihn das Porträt seiner Frau an. Er hebt das Glas, er schwankt ein bisschen. »Auf dein Wohl, Médée, mein Schatz, auf dich, der alles gelingt, was sie berührt, sogar ich, du hast mich berührt, und ich bin besser gelungen, als ich je erwartet hätte. Dir sind unsere Kinder gelungen, unser Haus, dein Werk und sogar dein Sturz im Flughafen mit diesem Juan, der dort aufgetaucht ist wie ein Kaninchen aus dem Zylinder. Schau mich an, mein Schatz, deinen alten Ismaïl, reif für die Mülltonne. Ein armer Kerl, bald von der Kleinen verlassen, sie wird nach New York gehen, ihrer Berufung als Chirurgin folgen, wer weiß, ob sie zurückkommt. Ja, mein Schatz, sie wird mich mit demselben ehrlichen Pragmatismus sitzen lassen, der mich nach deiner unverbrüchlichen Loyalität so erfrischt hatte.« Er weiß, dass er ungerecht ist, er selbst spürt das Ende dieser Liebe; schon länger hat er die Erschöpfung ihrer Geschichte gespürt und die Glut geschürt, bis sie erlosch.

Er beugt sich über den Silberrahmen, in dem Médées Gesicht von einem Lichthof umgeben ist, sie ist weiß gekleidet, sitzt auf dem Rasen und lächelt den Fotografen mit halbgeschlossenen Augen an, das Bernsteingold ihrer Haare hebt sich ab vor all der Helligkeit, das Bild ist etwas überbelichtet, was einen seltsamen Effekt von Verschwommenheit erzeugt, die junge Frau scheint vor der Zypresse auf der Wiese zu schweben. Adam schmiegt sich an ihre Beine, das Kind mit dem ernsten Blick, gleich dem seiner Mutter, auf dem Foto erkennt man seine Augenfarbe nicht, ein mal helles, mal dunkles Violett, das Mutter und Sohn zu Zwillingen macht, die er jetzt betrachtet, während er vor der Konsole steht. Er hat sein Glas auf einen Nachttisch gestellt, nimmt das Bild mit beiden Händen, hält es dicht vor die Augen, sucht nach etwas, das ihm entgeht, und nimmt es mit, stellt es auf das Bett, legt sich hin, Whiskyflasche und Glas in Reichweite. Er hat seinen Sohn verloren. Die Gewissheit zerreißt ihn, wie auch Samias unnatürliche Stimme, wenn sie einmal in der Woche aus London anruft, wie ein kleiner braver Soldat, um zu hören, wie es ihm geht. Adam ruft nicht mehr an. Sein Sohn. Anthropologe, wie sein Großvater ... Stundenlang saß er bei seiner Mutter in ihrem Atelier auf dem Dach und beobachtete sie, war vertraut mit den Geschöpfen, die sie aus Wachs goss, mit Stahldrähten verband, in Häuser aus Glas und Holz hängte, wo sie bereit waren, beim geringsten Anlass zu entfliehen. Médée und Adam, heute durch seinen Verrat verbunden, dabei hätte er sie für immer beschützen müssen. Dieselbe tiefe Sanftheit, hinter der sich eine Seele aus Bronze verbirgt: Es gibt das, was gut und richtig ist, und alles andere, über das die beiden nicht nachdenken, indem sie dezent den Blick von der schmutzigen Verworfenheit abwenden, in der er versunken ist. Er streckt die Hand nach der Flasche aus, die im Halbdunkel glänzt, morgen hört er auf zu trinken, das steht fest. Er nimmt einen Schluck nach dem anderen, und allmählich löst sich die Eisenklammer um seine Brust, er atmet tief, was für ein Wahnsinn, mit Meriem nach Paris zu fahren, sobald ihre Dienstpläne es erlaubten, als würde die Stadt ihnen gehören, als lebten dort nicht sein Sohn mit seiner Freundin und Aya mit Mann und Kindern … Er hat mit Meriem alles von vorn angefangen, die Vergangenheit hinweggefegt. Ohne dass es ihm ganz bewusst war, wollte er Adam auf seinem Terrain aufscheuchen, da, wo er, weit weg vom Vater, sein Wissenschaftlerleben aufbaute; er wollte die Straßen von Paris mit Meriem an seiner Seite durchstreifen, mit heimlicher Erregung die Begegnung befürchtend, zu der es auch unweigerlich kam, in einer Straße fernab der großen Boulevards, als sie eng umschlungen durch den Jardin du Luxembourg spazierten, die kalte Herbstsonne legte ein goldenes Pulver auf den grauen Asphalt, die Kastanienblätter raschelten unter ihren schleifenden Schritten. Er hatte das Viertel gewählt, weil er wusste, dass sein Sohn hier wohnte, warum nur, fragt er sich jetzt, wo alles verloren ist, warum das Bedürfnis, zur Schau zu stellen, ein alter Löwe, der vor seinem Nachfolger brüllt, sein Brüllen lässt die Savanne ein letztes Mal erzittern, der verletzte Blick seines Sohnes vor dem Paar, und der fassungslose von Meriem, als er sagte: »Mein Sohn Adam, von dem ich dir schon viel erzählt habe.« Sie standen auf dem plötzlich zu engen Parkweg voreinander, Meriem wollte zurückweichen, aber er drückte sie fest an sich, und Adam sah seinem Vater in die Augen. Dann nickte er, ein kurzer Gruß, und wandte sich ab, sie sahen ihm hinterher, sahen seinen langen Körper, die mit Papieren und Computer prallgefüllte Ledertasche, die in seiner Hand schaukelte, und ein sehr altes Bild aus der Vergangenheit – sein Vater bei der Rückkehr aus der Universität – schuf eine neue, brennende Verletzlichkeit.

Am selben Abend rief er Adam vom Hoteltelefon an, weil er fürchtete, er würde nicht antworten, wenn er die Nummer seines Vaters sah. Adam ging ran, und Ismaïl bat ihn um ein Treffen am nächsten Tag in einem Café in der Rue de Babylone, nahe der Hochschule, an der Adam unterrichtete. Er setzte sich an einen Tisch in der Ecke des belebten Saals, beobachtete die Männer, die am Tresen lehnten, die jungen Frauen, die noch den Rest von Sommerbräune zeigten, die entspannte Sicherheit, die von den Paaren ausging, eine wohlhabende, etablierte Bevölkerung, überzeugt von ihren Rechten und ihrem Platz in dieser Welt. Meriem ging lieber in die Cafés rund um die Place de la République und spottete über seinen sozialen Konformismus, aber er schätzte den Frieden, den er hier fand, inmitten dieser anonymen Personen, von denen niemand seine Anteilnahme weckte und die ihm erlaubten, sich nicht zu sorgen wie im Krankenhaus, wenn er jeden Tag die schwierigsten Eingriffe plante, die Schwäche seiner Patienten abschätzte, nicht nur die ihrer Körper, sondern auch ihre Möglichkeiten, die für die Heilung nötige Behandlung zu bezahlen, eine ermüdende Berechnung, die sein Handeln als Chirurg immer mit dem schmerzhaften Bewusstsein der Grenzen konfrontierte. Adam kam herein und Ismaïls Herz pochte in der zu engen Brust, sein Sohn kam auf ihn zu, er stand etwas zu hastig auf, die halbvolle Kaffeetasse rutschte von der Untertasse, während er sie mit einer Hand auffing, verpasste er Adams Blick und sah nun, im Stehen, wie er sich hinsetzte, die alte Ledertasche auf den Boden stellte und die langen Beine unter den Stuhl schob. »Du setzt dich wie dein Großvater, die gekreuzten Beine unter dem Stuhl. Ich habe ihn beobachtet, als ich klein war, wenn er gearbeitet hat. Du bist ihm sehr ähnlich.«

In der Verbindung zwischen der versunkenen Vergangenheit, zwischen dem Vater in seinem kleinen Büro, das nach seinem Verschwinden niemand mehr betrat – seine Mutter hatte es zu einem Heiligtum gemacht, das sie Ismaïl Jahre später öffnete, als er sich auf die Prüfung für die Facharztausbildung vorbereitete, er setzte sich zum ersten Mal auf den Platz seines Vaters und streckte die Beine unter dem blitzsauberen Schreibtisch aus, der Raum kam ihm verändert vor, er sah ihn mit den Augen seines Vaters, wenn dieser von seinen Heften aufschaute und dem Blick des Kindes begegnete, das ihn beobachtete, für Ismaïl gab es noch kein Kind, das ihn hätte beobachten können, während er bis zur Erschöpfung lernte –, und in seinem Sohn heute sah er eine beschwörende Zärtlichkeit, als dürfte der Sohn die Macht der Übertragung nicht ignorieren, von der er selbst, Ismaïl, nur das Zwischenglied war. Tatsächlich besänftigte sich Adams Blick. Ismaïl sprach weiter, redselig wie ein auf frischer Tat ertapptes Kind, das ablenken will; ohne es selbst zu merken, bat er seinen Sohn um Absolution. Adam war geradezu die männliche Inkarnation seiner Mutter, dieselben verwirrenden Pupillen, dieselbe Zartheit, aber in seinem hoch aufgeschossenen Körper eine angespannte Kraft. Ismaïl fühlte sich nackt unter seinem ruhigen Blick und grollte ihm dafür in ohnmächtigem Zorn, eindringlich beschwor er den Schatten seines Vaters wie einen Schutz, doch mit der Einsicht in eine bittere Niederlage packte ihn so große Verzweiflung, dass nichts ihr Einhalt gebieten konnte. Es war die Gewissheit, dass sein Sohn ihm höchstens vergeben konnte, ohne ihn zu verstehen, ohne den Mann zu akzeptieren, der grausam genug war, dieser jungen Frau mit dem banalen Gesicht seine geliebte Mutter zu opfern, er sah Meriem, wie Adam sie wahrgenommen hatte, sah seine Ungläubigkeit angesichts der Frau, die sich an seinen Vater schmiegte. Adam hatte eine seltsame Bewegung angedeutet, das fällt ihm jetzt wieder ein, als sein Vater dem Impuls folgte, ihn zu umarmen, er hatte die Hand vor das Gesicht gelegt, als wollte er sich schützen, und Ismaïl hatte verstanden, dass die Zeit der Umarmungen zwischen Vater und Sohn vorbei war. Adam zog seine Hand so schnell wieder weg, dass Ismaïl vorgeben konnte, nichts gemerkt zu haben. Immerhin erzählte er ihm von seinen Reisen in die Flüchtlingscamps Europas, die Welt der durch Stacheldraht, Mangel und ausgeklügelte Überwachungsmaßnahmen neu erschaffenen Konzentrationslager, in denen man erschöpfte Männer, Frauen und Kinder einsperrte, die aus jenem Orient stammten, den die Europäer seit der Zeit der Kreuzzüge immer wieder beschworen und zu vernichten suchten. Ismaïl hörte den Zorn seines Sohnes, vor seinen Augen entstand eine unerträgliche Realität, er sah abgemagerte Kinder, die Körper voller Parasiten, sah Frauen, erschöpft von der Gewalt des Krieges und nun erneut von der unmenschlichen Unterbringung auf europäischem Boden, ein neuer Kreis der Hölle; und wenige Kilometer von den Lagern entfernt die wohlhabenden Städte, in denen sich immer mehr Bürger des alten Kontinents um Hassparolen zusammenrotteten und den Verdammten dieser verwüsteten Länder die Menschlichkeit verweigerten.

Und während Adam von Exodus, Exil und Ausgrenzung erzählte, tauchte vor seinen Augen Hourya auf, die endlich freigelassene Überlebende traf, Zellengefährten ihres Mannes in der Region Taroudant. Brahim war einige Jahre nach seinem Verschwinden in einem Kerker gestorben, wieder und wieder rief sie sich die Anekdoten der früheren Gefangenen ins Gedächtnis, die von der Enge der Zellen und von der Gleichgültigkeit der Wärter erzählten. Brahim hatte eine Lungenentzündung bekommen, seine Gefährten hatten ihm bis zum Ende zur Seite gestanden, sie erzählten ihr von seiner Brüderlichkeit, seiner Gelehrtheit und Großzügigkeit, dem unablässigen Kampf gegen den Wahnsinn der stehengebliebenen Zeit, von den gefesselten Leibern, dieser Gefangenschaft ohne greifbaren Grund, ohne Ende, ohne erkennbaren Ausweg. In der heiteren Atmosphäre des Cafés in der Rue Babylone, wo Vater und Sohn einander gegenüber saßen, wurde der ganze Schmerz der Welt heraufbeschworen, Brahims Körper auf dem nackten Zementboden der Zelle, bis zur Unkenntlichkeit abgemagert, die Augen der Kinder von unergründlicher Tiefe, erfüllt von der Gewalt der Kriege, Adams vor Traurigkeit und Zorn überquellende, auf Ismaïl gerichtete Augen, und um sie herum die Ausdünstungen der ersten Gerichte für die hungrigen Gäste, die den fröhlichen Luxus des Lokals genossen, das die Spuren seiner volkstümlichen Vergangenheit bewahrte.

»Mein Sohn kann mich nicht mehr lieben«, grollt Ismaïl auf dem Ehebett, »er ist der Sohn seiner Mutter, nicht seines Vaters, du hast gewonnen, mein Schatz, ich bin der Henker, du das Opfer voller Resilienz, das aktuelle Modewort, keine Resilienz für die Henker, würdest du das für mich ändern, mein Schatz, dann wäre ich ein netter Dreckskerl, ein Arschloch, das man bedauern würde, ich würde den Kindern von meinen harten Jahren an der Uni erzählen, wie ich meine Mutter, meinen Bruder und meine Schwestern unterstützt habe, du weißt es besser als jeder andere, Médée, mein Schatz, sag ihnen, wer ich bin, aber du schweigst, die schöne, tadellose Médée, sitzengelassen von diesem armseligen, geilen Kerl, eingeholt von seiner Vergangenheit, sieh mich an, ich bin Ismaïl, dein Mann seit so vielen Jahren.«

Auch das nicht, was unsern Tod erhoffte

Was Ismaïl mit Meriem erlebt, was ihn bei ihr so berührt, dass er den Kopf verloren hat, wie es seine Schwestern kommentierten, die solidarisch und zugleich bestürzt waren – wie sollten sie die Jahre mit der stets aufmerksamen Schwägerin vergessen, so liebevoll mit den Kindern, immer ein offenes Haus für Familienfeste und gemeinsame Essen –, ist das Gefühl, einen Teil seiner selbst wiederzufinden. Seine Schwester Najat ist überzeugt, dass das Leben mit Médée Ismaïl erschöpft hat; für seine Mutter und seine Schwestern war er seit Brahims Verschwinden geradezu ein Halbgott gewesen, der die Hoffnungen der Mutter und all ihre Träume auf sich vereinte. Najat hat es ihrem Bruder gesagt, als sie nach reiflicher Überlegung gewagt hat, an die Tür des vertrauten Hauses zu klopfen. Als Ismaïl öffnete, schaute sie in den Garten, wo sie noch Samias Lachen hörte, ihr leichtes Baumwollkleid vor sich sah, das der Wind hob, während sie mit Adam und Aya davonrannte. Najats Kinder hatten sich hinter den Bäumen versteckt, riefen »Huhu, hier sind wir«, und die drei bogen sogleich zu ihnen ab, verteilten sich, um die Cousins zu umzingeln, deren Lachen durch den warmen, sonnigen Nachmittag schallte. »Erinnerst du dich an Adams Geburtstag?«, fragte Najat,

»ich glaube, es war der zehnte.« Doch Ismaïl erinnerte sich nicht, er kam immer erst, wenn das Fest vorbei war, wenn sich die Dämmerung über die leere Terrasse legte, wo Médée die letzten Limonadengläser und die auf dem Rasen verteilten Luftballons einsammelte. Er umarmte sie und schämte sich seiner Abwesenheit, die sie ihm nie vorwarf. »Ich war im OP, wenn ihr gefeiert habt, das weißt du doch! Médée hat alles, alles allein organisiert.«

Plötzlich ist er solidarisch mit seiner Frau, die er mit einer genau berechneten Grausamkeit verlassen hat, die sich mit dem unbegreiflichen Wunsch nach verbrannter, für immer unbewohnbarer Erde erklären ließe, aber wer würde das verstehen? Nicht seine Schwester, die ihn anschaut und seine Widersprüche geduldig hinnimmt. »Setzen wir uns, das ist bequemer. Hast du was von den Kindern gehört?« Widerwillig lädt er sie ein, sich in den gelb-violetten Salon zu setzen, Safia kommt mit dem Teetablett aus der Küche, dem elfenbeinfarbenen Porzellanteller mit den traditionellen Marmeladenkeksen, die er so gernhat, einer Schale mit braunem Würfelzucker, alles auf einem Leinendeckchen mit grauer Bordüre. »Als würde jeden Moment deine Frau hereinkommen«, seufzt Najat und dankt Safia mit einem Lächeln. Ismaïl antwortet nicht. Wäre Médée da, hätte sie ihre Schwägerin herzlich umarmt und ihr vorgeschlagen, auf der Terrasse Tee zu trinken, um gemeinsam die Frühlingssonne zu genießen, sie hätten die vorzeitig gelb gewordenen Früchte des Mispelbaums und die blauen und violetten Stiefmütterchen bewundert, auf das Summen einer Biene um den Honig gelauscht, der zu den Baghrirs gereicht würde, die in winzigen Vierecken auf einer durchbrochenen Platte lägen. Ismaïl weiß es, Najat auch, und sie schweigen, zwischen sich der Schatten der Abwesenden, er starrt auf seine Füße wie ein auf frischer Tat ertappter Junge. »Ich bin gekommen, weil ich sehen wollte, wie es dir geht«, setzt Najat mutig an. »Man hat mir gesagt, du bist nicht mehr im Krankenhaus, was ist los?« Er antwortet nicht. Sie lässt nicht locker und fragt direkt: »Wo ist Meriem?«

Ismaïl erinnert sich genau, wann Meriem seine Schwestern zum ersten Mal getroffen hat, bei einem Mittagessen, zu dem er sie in ein angesagtes Restaurant am Ufer des Bou-Regreg eingeladen hatte. Najat und Hind kamen herausgeputzt und misstrauisch, sie hatten nicht den Mut, dem Bruder offen entgegenzutreten, als Pragmatikerinnen waren sie insgeheim solidarisch mit ihrer Schwägerin, wussten sie doch um ihre eigene Verletzlichkeit – was Médée zustieß, konnte jeden Moment auch in ihr scheinbar harmonisches Leben einbrechen. »In diesen Zeiten ist jede Ehe zerbrechlich«, hatten sie im Chor geseufzt, als sie von der zerstörerischen Entscheidung ihres Bruders erfahren hatten. Er saß mit Meriem vor der großen Fensterfront über dem Fluss – sie tat, als bewunderte sie die langsamen Bewegungen der bunten Fischerboote, die ihre Angeln auswarfen; die friedliche Landschaft bis hin zur Kasbah der Oudayas hinter dem grünen Wasser weckte die Illusion stehengebliebener Zeit, sie wurde vom Hin und Her der Schaulustigen zerstört, die durch die Neugestaltung der Marina angelockt wurden und die jahrhundertealten Gewohnheiten der Flussbewohner über den Haufen warfen – und ermaß ihre Angst, weil er die eigene wachsen spürte, seit zehn Minuten ließ er den Griff des Silbermessers zwischen den Händen kreisen. Seine Schwestern erschienen in der Tür des Restaurants, zwei ziemlich antiquierte Vögel, hatte er bei ihrem Anblick gedacht, elegante Pumps, marineblauer Rock und buntes Seidentuch bei Najat, Flanellhose und Bluse bei Hind, sie bewegten sich vorsichtig zwischen Tischen hindurch, die prächtig für das Mittagessen gedeckt waren, hier und da saßen die ersten Gäste, und im gleichen Moment blieben sie wie am Rand eines Abgrunds stehen, bevor sie ganz bei ihnen waren, um die Situation mit misstrauischer Miene zu beurteilen. Er hatte in den Blicken seiner Schwestern die gleiche Ungläubigkeit wahrgenommen wie bei seinem Sohn, so sah also die Frau aus, für die er ihre wunderbare Schwägerin verlassen hatte, ein ziemlich gewöhnliches Gesicht, schönes lockiges Haar, seltsam schmale Augen, sie hätten sich bestimmt nicht nach ihr umgedreht, während sie sich über die außergewöhnliche Anmut der Ehefrau ihres Bruders geradezu mit Eigentümerstolz einig gewesen waren, als würde diese auf sie abstrahlen. Meriem hatte das Urteil, das in dem leicht verkrampften Gruß der beiden Frauen deutlich wurde, auf ihre Weise angenommen und mit neuer Wildheit darauf reagiert, indem sich ihr Körper ganz in sich zurückzog, während er die Vorstellung übernahm, doch sie lächelte unverhohlen, als Hind nach den üblichen Floskeln unbeholfen ausrief: »Wie jung Sie sind! Sind Sie noch Studentin?« Ismaïl hatte hastig geantwortet: »Meriem ist Chirurgin. Sie hat seit zwei Jahren ihren Facharztabschluss.«

Najat hatte die Frau mit der schlichten Art, dem glatten Gesicht, den Augenringen von Müdigkeit oder Emotionen anders beurteilt, sie war sichtlich verliebt, sah Ismaïl häufig an, suchte seine Unterstützung oder Zustimmung. Sie schwiegen angespannt, bis sie bestellt hatten, aber während des Essens tauten seine Schwestern allmählich auf, Meriem erzählte von ihrer Familie, von der Kindheit in einer Wohnung an der Avenue Mohamed-V, mit einem Bruder und drei Schwestern, von ihrem Spaß am Lernen, den sie vom Vater, einem Biologielehrer, geerbt hatte, von ihrer Leidenschaft, Menschen zu heilen. Najat öffnete sich als Erste, sie sprach von ihrer Mutter, erzählte Anekdoten, in denen Ismaïl als junger Mann mit zu großer Verantwortung auftauchte, weil er nach Brahims Verschwinden an Houryas Seite zum Familienoberhaupt aufgestiegen war. Auch Najat hatte in ihrer Jugend eifrig gelernt, fünfzehn Jahre vor Meriem. Sie tauschten sich über die Tage am Schreibtisch aus, Hind hatte Jura studiert und lehrte an der Universität von Rabat, Najat arbeitete seit Langem als Apothekerin und vertrat bei armen Familien im Quartier de l'Océan oft den Arzt. Sie stimmten Lieder von Abdelhalim oder Fayrouz an oder gaben einander Stichworte für Sätze aus den Filmen *Kissat Houbbi* und *Roussa fil kalb*, die in ihrer Kindheit im Fernsehen gelaufen waren. Auch Meriem, deren Mutter eine große Filmkennerin war, die besonders das ägyptische Kino der fünfziger Jahre liebte, hatte die Filme mindestens zehnmal gesehen, wie sie den Schwestern verriet, die damit endgültig gewonnen waren. Am Tisch war eine seltsame Vertraulichkeit entstanden, Ismaïl fühlte sich in die gewohnte Welt zurückversetzt, in der er aufgewachsen war, weit entfernt von der, die er mit seiner Frau erschaffen hatte. Die Redseligkeit seiner Schwestern, die jetzt mit Meriem alle gemeinsamen Referenzen abfragten, die Lieder von Abdelwahab, einige Stücke von Nass el Ghiwane, Abdelhadi Belkhayat oder Abdelouheb Doukkali, aber auch Elton John, Bob Marley und die Rolling Stones, die in der von Alifi Hafid Ende der siebziger Jahre moderierten Sendung *Boogie* verbreitet wurden – er bewunderte die Leichtigkeit, mit der Meriem seine Schwestern die fünfzehn Jahre vergessen ließ, die sie trennten –, die Erinnerung an Sommertage am Strand, die Kühlbox, in der Wassermelone und Limonade frisch blieben, die Sandwichs mit Thunfisch oder *La Vache qui rit*, den Geschmack der gegrillten Maiskolben, die sie auf dem Rückweg kauften, wenn die Haare vor Salz klebten und die Haut noch warm war, die Streitereien zwischen den eng gedrängten Geschwistern im R4, »Wir hatten auch einen R4«, seufzte Meriem – ein ganzes Universum tauchte auf wie ein wehmütiger, fast schmerzloser Traum.

Tief in ihm riss eine Saite, die schon so lange so fest gespannt war, dass es ihm vorkam, als wäre ihre schmerzhafte Vibration immer ein Teil von ihm gewesen, seit jenen grauen Tagen, an denen er, kaum erwacht, in seinem Jungenzimmer auf den leichten Schritt seiner Mutter lauschte, die früh aufgestanden war und Wasser oder Milch für das Frühstück ihrer Kinder aufsetzte und für alle den runden Wohnzimmertisch deckte, es duftete nach Kaffee und frischer Minze. Er wusch sich oberflächlich, kam in die

Küche – Zahra schlief noch auf dem Sofa im kleinen Salon – und legte den Arm um Houryas schmale Schultern, küsste ihre Schläfen und ihre trockene Hand. Sie machte das Radio an, und die vertraute Stimme von Badia Rayane begleitete das Erwachen der anderen, Najat und Hind kamen angeschlurft und stritten, kaum aufgestanden, um eine blassrosa Bluse mit bestickten Ärmeln, Najat war an der Reihe, sie zu tragen, aber Hind pochte auf ihr Recht als Ältere, schließlich begleitete sie ihre Mutter bis zum Haupteingang der Mädchenschule Lalla-Aïcha, wo sie sich trennten, weil Hourya in das Verwaltungsbüro ging, während sich Hind unter die Gleichaltrigen in weißer Schürze mischte, und dann – jetzt hatte Hind das schlagende Argument gefunden – sah man von ihrer Kleidung sowieso nur noch die Ärmel der Bluse, die sie weit nach unten zog, damit man die gestickte Verzierung sah. Untröstlich jammerte die Jüngere in den Schoß der Mutter, bis Jawad kam und sich an den Frühstückstisch setzte. Oft schimpfte Ismaïl mit einer Schwester, half seiner Mutter, sich um den Bruder zu kümmern, dessen Unbeholfenheit sie ermüdete und dem sie große Butterbrote mit Erdbeerkonfitüre bestrich. Zarah, die mit einem Seufzer aufgewacht war, brachte die Eier mit *Khlii* und richtete Najats Zopf, auch sie unterstützte Hourya, die Jawad half, seine Schale mit Milchkaffee an die Lippen zu führen.

So hatte er gelebt, hatte angespannt auf ein Zeichen von Schwäche im Gesicht seiner Mutter gelauert, die Schatten entschlüsselt, die ihren warmen Blick trübten, den vor Kummer schweren Kopf an seine Jungenbrust gedrückt, und sein Herz hüpfte vor Freude, wenn ein Lächeln auf ihr Gesicht trat, wie stets beim Lesen seiner Quartalszeugnisse. Er liebte sie unendlich, bewunderte ihren täglichen Mut und ihre absolute Treue zur Erinnerung an Brahim, ebenso wie die Intelligenz, mit der sie den Alltag der Familie um die abwesende Anwesenheit ihres Vaters organisierte, gegen das Vergessen kämpfte, von seinen Schriften sprach, die sie nicht gelesen hatte, Anekdoten von ihm erzählte, einsam den schwankenden Nachen steuerte, in den von allen Seiten Wasser eindrang, ein weiblicher Noah, die Rechnungen beglich und für sie alle sorgte, und als er überlegte, ob er Medizin studieren oder ein kürzeres Studium wählen sollte, hatte sie sich vor ihn hingestellt: »Ich brauche dein Geld nicht, du wirst Arzt, der beste, der größte Medizinprofessor des Landes, enttäusch mich nicht«, und er hatte sie nicht enttäuscht, war mit den Jahren zu einer unumgänglichen Koryphäe der Neurochirurgie geworden, nicht nur in Rabat, sein Renommee reichte bis ins Ausland, und bei seinem täglichen Besuch bat sie ihn wie ein Kind: »Erzähl mir von deinem Kolloquium in Wien!« Während er sprach, hatte sie die Augen geschlossen und genoss in ihrem geweiteten Herzen die heimliche Hommage, die er auf diese Weise Brahim erwies, und er wusste, dass sein Bericht unter den geschlossenen Lidern seiner Mutter die Momente lebendig werden ließ, in denen sein Vater mit vorweggenommenem Stolz ihn »Doktor« genannt hatte. Bevor er ging, drückte er sie an sich, küsste ihre Hand und ihr zusammengebundenes, von Silberfäden durchzogenes Haar. In Gedanken bestürmte ihn bereits die Einsamkeit seiner Frau, mischte sich mit dem Verlangen, sie zu atmen, zu umarmen, und mit einem hartnäckigen Schuldgefühl. Dabei wusste er, dass sie, sobald die Kinder im Bett waren, in die bevölkerte Einsamkeit ihres Ateliers auf dem Dach zurückkehrte, wo sie Geschöpfe entstehen ließ, deren verschlungene Formen an uralte Überlebende untergegangener Welten erinnerten, die gegen die Auflösung dessen kämpften, was sie gekannt und geliebt hatten. Sie erfand eine Welt, in der er keinen Platz hatte. Auch die Anmut seiner Frau, die nicht von ihm abhängig war, und ihr aristokratisches Strahlen weckte nach all den Jahren der Vertrautheit täglich erneuerte Zuneigung. Während ihres gemeinsamen Lebens hatte er nie eine andere Frau begehrt als seine eigene, so sehr war er in Anspruch genommen von seiner Mission als Arzt, von den Sorgen bei der Leitung der Abteilung, die man ihm übertragen hatte, und der Weitergabe von Wissen an die Studenten, die er in der großen Tradition der Pariser Mandarine terrorisierte, die seine eigenen Lehrer nach der Unabhängigkeit als Erbe der Franzosen fortgesetzt hatten. Wie hatte eine seinem Leben bisher fremde, begabte, scharfzüngige junge Frau seinen Leib, seinen Geist, jede Falte seines Seins so einnehmen können, dass sie zur Obsession jedes Augenblicks wurde und in den Flammen eines unbändigen Verlangens die ganze Konstruktion eines Lebens zu Asche werden ließ? Er hat gekämpft, aber er ist nicht bereit, mit Najat darüber zu sprechen, deren Blick sich mit unverhohlener Sorge auf ihn richtet. »Es geht mir gut«, brummelt er, »Meriem geht wahrscheinlich nach New York, sie wurde ausgewählt … eine fantastische Anerkennung, das kann man nicht ablehnen.

Ich finde auch, dass sie nicht bleiben darf.« Er log seine Schwester nicht an.

Meriem streichelte sein Haar, er hatte den Kopf in ihren Schoß gelegt, noch angespannt nach dem Telefongespräch, in dem ihm seine älteste Tochter Samia, die in London arbeitete, angekündigt hatte, sie werde in zwei Wochen für ein paar Tage nach Rabat in das Haus der Familie kommen. Auf dem Couchtisch im kleinen Salon hatte er den Ordner mit blauem Rand gesehen, auf dem geöffneten weißen Umschlag stand Cornell Hospital. Meriem sagte nichts, er spürte die Wärme ihres Bauches, die langsame Bewegung ihrer Hand in seinem Haar, sie hatten eine lange und schwierige Operation hinter sich, die Entspannung ihrer Körper und ihrer Gedanken war ein Wohlbehagen, das sich selbst genügte und schließlich die Verkrampfung verschwinden ließ, die Samias trockene Stimme, so hatte er sie jedenfalls empfunden, ausgelöst hatte; seit einiger Zeit fürchtete er sich vor den seltenen Anrufen seiner drei Kinder, interpretierte ihren Tonfall oder ihr Schweigen wie ein Urteil, das er für unausweichlich hielt. Der Gedanke, dass er sie in gewisser Weise verloren hatte und dass dieser Verlust unumkehrbar war, hielt ihn manchmal wach und erfüllte sein Herz mit unendlicher Traurigkeit, machte ihn wehrlos, er zitterte wie der kleine Junge vor fast fünfzig Jahren, dessen nach dem Körper des Vaters ausgestreckte Hände in einer uralten Geste des Flehens wie des Zorns ins Leere gegriffen hatten. Er hatte den aufgeschlagenen Ordner auf dem Tisch bewusst ignoriert, sich von der schwindelerregenden Vorahnung abgewandt; ganz auf die regelmäßige Bewegung von Meriems Hand in seinem Haar konzentriert, versank er in einen Halbschlaf, der ihn nicht ganz vor der Wahrnehmung des Schattens bewahrte, der sich im Zimmer ausbreitete, je weiter der Abend den Tag verdrängte. Irgendwo am Saum seines schlummernden Bewusstseins schwebte eine Gefahr, ein unförmiges, über ihn gebeugtes Geschöpf schickte sich an, ihn erneut all dessen zu berauben, was ihn leben ließ; er zuckte zusammen, wimmerte wie ein Kind, Meriem beugte sich über ihn, ihre warme Stimme wiegte ihn, »Ich bin da, schlaf, mein Liebster.« Aber er schlief nicht, er lauschte der Angst, die in ihm wuchs, dieselbe, die ihn gepackt hatte, als Najat eines Abends angerufen hatte, mit knappen Sätzen: »Komm schnell! Mama ist gestürzt. Sie kann nicht mehr sprechen.«

Er hatte den für das Abendessen gedeckten Tisch verlassen, die Kinder, aufgeregt wegen seiner ungewohnten Anwesenheit, hatten bei der Mutter gebettelt, eine Stunde länger aufbleiben zu dürfen, und Médée hatte ruhig geantwortet: »In einer halben Stunde sind alle im Bett!« Ihm schien, als entglitte ihm das Leben, und die Anwesenheit seiner Frau schuf in seiner verwirrten Wahrnehmung des Augenblicks eine Klarheit, wie ein Leuchtturm in der Nacht auf dem aufgewühlten Meer. Er war vorausgefahren, sie würde ihm folgen, wenn die Kinder im Bett waren. Er raste zur Wohnung an der Place Pietri, die Hourya trotz der eindringlichen Bitte ihrer Töchter nicht verlassen hatte. Zahra öffnete die Wohnungstür. »Sie ist in ihrem Zimmer«, Najat klammerte sich an ihn: »Ich habe den Notdienst angerufen.« Im Bett, das Gesicht wachsbleich, die

Augen riesig, sah Hourya ihn hereinkommen. »Weldi«, ein Hauch von ihren Lippen. »Sie spricht!« Najat verteidigte sich schwach: »Eben konnte sie nichts sagen.« Die Hände seiner Mutter wie zwei tote Vögel auf den weißen Laken, im Flur ein unterdrücktes Schluchzen, Zahra weinte. Er beugte sich über seine Mutter und rief sie: »Memti, hörst du mich? Gleich kommt der Krankenwagen, ich kümmere mich um dich, alles wird gut.« Sie riss die Augen noch weiter auf, ihre Lippen bewegten sich kaum, die Einsicht traf ihn wie ein Blitz. Irgendwo wurde eine Tür geöffnet, er hörte den leichten Schritt seiner Frau, spürte ihren Geruch, alles in ihm kämpfte, seine Mutter starrte ihn an, angespannt im Gebet. Er nahm ihre zarte, fast unkörperliche Hand, seine Wange streifte ihre, er legte die Lippen auf ihre und sprach das Glaubensbekenntnis, sein Atem vermischt mit dem immer noch lebendigen seiner größten Liebe: »*Aschadu an la ilaha ill allah wa aschhadu anna muhammadan rasululah.*« Hourya schloss die Augen.

Oder langsam uns bekämpfte

Was war dann geschehen ... Ismaïl erinnert sich nicht oder kaum. Zahra hatte einen Schrei ausgestoßen, seine Schwestern weinten leise. Er hielt die noch warme Hand seiner Mutter, zog die Schuhe aus und legte sich vorsichtig neben sie, achtete darauf, die Matratze nicht zu verschieben, er nahm sie in die Arme und schloss ebenfalls die Augen. Im Bad neben dem Zimmer gab es ein Hin und Her, der Boden knarrte unter Jawads schweren Schritten, Ismaïl öffnete die Augen wieder, sein Bruder kniete vor dem Bett und schluchzte. Youssef, sein Freund seit Kinderzeiten, den Médée benachrichtigt hatte, kam kurz darauf und umarmte ihn flüchtig. Er war halb bei ihnen aufgewachsen, Hourya hatte ihn wie einen Sohn behandelt, er teilte ihre Mahlzeiten, ihren Kummer und ihre Freude. Youssef trommelte die anderen Freunde zusammen, gemeinsam kümmerten sie sich um die Formalitäten wie die Todesanzeige, riefen in einer Sufi-Zawiya an, um die Koransänger für den nächsten Morgen einzuladen. Najat schaltete die Anlage ein, die Ismaïl seiner Mutter geschenkt hatte, und die reine Stimme von El-Ghamidi erfüllte das Zimmer, machte Houryas Tod zu einem Ereignis, das jeder für sich annehmen konnte, während die Suren seine verwaiste Seele einhüllten. Er verbrachte die Nacht in Houryas Zimmer, während Médée und seine Schwestern im Wohnzimmer dösten. Zwei oder drei Mal spürte er die Anwesenheit seiner Frau im Zimmer, sie beugte sich über ihn, »Willst du nicht etwas trinken?«, wie sie es für ihre Kinder tat, wenn sie krank waren, eine Decke hochziehen, eine fiebrige Stirn streicheln. Die Nacht war bitter und lang, das Gesicht seiner Mutter von mineralischer Reglosigkeit, glatt wie das eines jungen Mädchens, die Schatten unter ihren Augen waren ebenso verschwunden wie die Falte auf ihrer Stirn, der unendliche Frieden zog ihre Mundwinkel leicht in die Höhe; er hatte das Gefühl, ebenfalls tot zu sein, geradezu ungehörig bewegte der Atem seine Brust, spürte er den stolpernden Schlag seines Herzens. So oft hatte er nach einer Operation in den Raum gehen müssen, wo die Familie wartete, um den Misserfolg einer Operation, den Verlust ihrer Liebsten mitzuteilen, dass er geglaubt hatte, die Vertrautheit würde ihm in der persönlichen Konfrontation mit dem Tod helfen.

In seiner Jugend hatte er ständig eine Schwäche seiner Mutter befürchtet, die Ringe unter ihren Augen betrachtet, die nach Brahims Verschwinden plötzlich tief in die Augenhöhlen gesunken waren, die ersten grauen Haare im üppigen Schwarz registriert, bei jeder Umarmung die Verletzlichkeit seiner Mutter gespürt, ihre zarten Hände geküsst, aber hinter der vermeintlichen Zerbrechlichkeit immer eine willensstarke Frau gefunden. Und schließlich hatte er im Spiegel ihres Muts den seinen gefunden, aus ihrem Glauben an ihn das Gefühl seiner eigenen Kraft geschöpft; er war ein strahlender Mann geworden, in seinen Adern floss die Freude seiner Mutter, ihn heranwachsen, sich entwickeln zu sehen, ihren Kopf mit dem geopferten Haar an seine Schulter zu lehnen – wenn er ihr das Gesicht zuwandte, streiften die weichen Strähnen sein Kinn –, um ihn sogleich zurückzuziehen, als wollte sie nicht in sein Männerleben eingreifen. »Geh, mein Sohn, geh studieren, sorg dich nicht um uns, ich passe auf die anderen auf.« Und er ging, voller Vertrauen, wohl wissend, dass sie wachte. Sein ganzer Wille richtete sich auf das Ziel, das sie ihm gesetzt hatte, gestützt von der Gewissheit, dass das Schicksal ihres Sohnes schon immer im Stolz des Vaters begründet war, der ihn im Scherz »Doktor« genannt hatte. Daran erinnerte sie ihn oft.

Im Morgengrauen kam Youssef ins Zimmer: »Mein Bruder, wie geht es dir, komm und trink einen Kaffee mit uns, der Tag wird lang.« Er folgte ihm zu den anderen ins Wohnzimmer, Zahra hatte ein kleines Frühstück vorbereitet, seine Schwestern hatten geschwollene Augen, Houryas Tuch lag auf dem Sofa am Fenster, ihre Brille neben der Lampe mit dem schiefen Schirm, den er automatisch geraderückte. Hind stellte die Frage nach der Überführung von Houryas Körper, die Beisetzung sollte nach dem Dhur-Gebet gegen dreizehn Uhr stattfinden; in zwei Stunden würde die Wohnung schwarz von Menschen sein. War es nicht besser, den Körper ihrer Mutter, solange es noch möglich war, in Ismaïls Haus zu bringen, größer und besser geeignet, die vielen Verwandten und Bekannten zu empfangen, die herbeiströmen würden, um den Trauerzug zu begleiten? Médée, die neben ihr saß, nickte. Aber Ismaïl sperrte sich: »Sie werden sich da verabschieden, wo sie ist, sie ist in ihrem Leben genug gerannt. Sie wird durch dieselbe Tür gehen wie mein Vater.« Najat widersprach mit vom Kummer heiserer Stimme: »Sie wäre lieber ein letztes Mal in euer Haus gekommen. Sie hat es so geliebt. Und es wäre einfacher für uns, glaub mir. Médée hat es vorhin angeboten, und wir fanden, das ist eine gute Idee. Sie wird hier gewaschen, dann bringen wir sie zu euch, wo ihre und unsere Freunde sich von ihr verabschieden können.« Ismaïl sah seine Schwester an, in diesem Augenblick glich sie ihrer Mutter, dieselbe Entschiedenheit unter scheinbarer Schwäche. Youssef legte ihm die Hand auf die Schulter: »Sie hat Recht, mein Bruder.«

Die Leichenwäscherinnen kamen, seine Schwestern halfen ihnen hinter verschlossener Tür, die sie erst öffneten, als die Mutter in ihr Leichentuch gehüllt war, es duftete nach Sandelholz und Orangenblütenwasser. Als Ismaïl seine Mutter wiedersah, war ihr Körper schon fest in den strahlend weißen Stoff gewickelt, nur ihr friedliches Gesicht, die geschlossenen Augen waren zu sehen, das Haar war verhüllt. Sie wirkte so winzig jetzt, so zart, wie ein Kind. Er beugte sich vor, roch die Blumen und streifte ihre eiskalte Stirn mit einem Kuss. Sie bedeckten sie mit einem Seidentuch und brachten sie auf einer Trage zum Krankenwagen, der diskret neben dem Hauseingang stand, um nicht die Aufmerksamkeit der Nachbarn zu wecken. Ismaïl setzte sich mit Najat und Youssef neben Hourya, Médée, Zahra und Hind waren vorausgefahren und machten das

Haus empfangsbereit, richteten das Zimmer her, in dem Hourya ruhen würde, bis ihre Söhne sie in den Sarg legten, den Youssef zu Ismaïl hatte bringen lassen.
Er weiß nicht, warum er jetzt, während der Abend aufzieht, die Möbel in Dunkelheit taucht und Meriems über ihn geneigtes Gesicht verschwimmen lässt, diese Stunden so intensiv wieder durchlebt, in denen ein Teil seines Lebens eingestürzt und während der Zeremonie für Houryas Tod langsam versunken war. Najat und Youssef hatten Recht gehabt, es kamen so viele Verwandte, Freunde von Brahim, die noch am Leben waren, und Houryas frühere Kolleginnen in der Lalla-Aïcha-Schule, längst erwachsene Schülerinnen, denen sie viele Jahr lang mit großer Klarheit und Pädagogik das Verständnis für Mathematik vermittelt hatte, die ihre Lehrerin beweinten und mit einem Lachen Anekdoten austauschten, Ismaïls Kollegen, seine Studenten; die Familie seiner Frau war aus Tanger gekommen, sein Schwiegervater Naïm, sehr betroffen, und seine leidende Schwiegermutter, die nur widerwillig die Höhen des Kap Spartel verlassen hatte, Médées Schwester Lilia und ihr Mann Sadreddine, ein enger Freund Ismaïls, der ihm während der ganzen Beisetzung zur Seite stand. Der schwierigste Moment war, als er mit seinem Bruder und seinen Freunden den Körper der Mutter hochheben musste; besorgt, sie würde sich in dem engen Sarkophag stoßen, als könnte die Leiche immer noch fühlen, durchbohrte er Youssef, dessen Größe den Sarg aus dem Gleichgewicht brachte, mit Blicken. In den folgenden Tagen lebte er mit dem eigenartigen Gefühl eines seelischen Ungleichwichts, das ihn am Morgen beim Aufstehen schwanken ließ, als

fände sein Körper nicht mehr den richtigen Platz im Raum; es fühlte sich an, als wäre ein Teil von ihm ein Heliumballon, zu leicht, um ihm Stabilität zu geben, während die andere Hälfte zu schwer war. Sein Schritt hatte sich so sehr verändert, dass sich Médée inmitten des Wirbels der Besucher, die einander in den ersten zwei Wochen die Klinke in die Hand gaben, sorgte und ihm riet, sich einer neurologischen Untersuchung zu unterziehen. Er zuckte nur mit den Schultern.

Er gewöhnte sich an, das Grab seiner Mutter auf dem Friedhof am Meer zu besuchen. Nach dem Dhur-Gebet verließ er das Krankenhaus, fuhr an der Stadtmauer entlang, und der Ozean bot sich seinen müden Augen in einem Strahlen dar. Der Wächter der Freifläche, wo die Autos parkten, grüßte ihn und wurde mit einem Trinkgeld belohnt. Er ging durch das große Tor, wenn die anderen ihre Toten verließen und zum Mittagessen eilten. So entging er halbwegs der Menge am Freitag, nickte Bekannten zu, die ihn herzlich mit »Doktor … Möge Gott Ihre Zuneigung in Geduld verwandeln …« grüßten, und eilte zu dem Ort, an dem seine Mutter ruhte, wie zur Verheißung eines immer wieder herausgeschobenen Wiedersehens. Dort saß er auf dem Rand des Grabs, hörte die Stimmen der Koransänger, die an Gräbern, wo noch Familien versammelt waren, die Suren rezitierten, und liebkoste die Platte aus weißem Marmor, die Hourya nicht gewollt hätte, er stellte sich ihr ironisches Lächeln vor, »Weldi, ich habe einfach gelebt. Du sollst mich einfach begraben«, mit leicht geneigtem Kopf, ihren Vogelblick auf ihn gerichtet. Jedes Mal fiel ihm auf, dass die rund um den Grabstein gepflanzten Blumen gegossen waren, sie blühten, und ihre glänzenden grünen Blätter hoben sich von den trockenen Sträuchern auf vernachlässigten Gräbern ab, die mit Staub bedeckt waren. Najat und Hind pflegten sogar die Nachbargräber, damit ihre Mutter in üppigem Grün ruhte. Er erkannte die Kapuzinerkresse und ein paar Krokusse, die Médée ihren Schwägerinnen mitgegeben hatte, blaue Kosmeen schwankten am Ende ihrer langen, durchscheinenden Stiele wie ein Himmelsschleier, der das mineralische Weiß des Marmors liebkoste. Er atmete langsam die jodreiche Luft des Ozeans ein, und wenn er an diesem hintersten Winkel des Friedhofs die Augen hob, sah er den im Rhythmus der Gezeiten beweglichen Meeressaum. Oft dachte er an Brahim, seinen Vater, den man ohne jede Zeremonie in eine anonyme Grube geworfen hatte, so gern hätte Hourya an seiner Seite geruht, und in ihm erwachte der alte Zorn gegen dieses gewalttätige Land, das weder die Lebenden noch die Toten, weder den Körper noch den Geist der Menschen respektierte. Die abgezehrten Körper der zusammengedrängten Bettler, als er den etwas abschüssigen Weg zurück zum Friedhofstor ging, erschöpfte Frauen, die ihre Kinder an sich drückten, von Gangränen gezeichnete Greise, einarmige oder einäugige Männer; die Zusammenballung des Elends dieser lebendig unter den Toten hausenden Geschöpfe, die freitags, wenn sich die Herzen der Gläubigen in der Hoffnung auf eine höhere göttliche Gabe öffneten, von den Besuchern ein paar Münzen erbettelten, erfüllte ihn jedes Mal mit Bitterkeit. Sie kamen ins Krankenhaus, und er war empört, wenn die irreparablen

Schäden ihres Hirns von einer langen Reihe früherer Versäumnisse zeugten, er zitterte vor Ohnmacht, wenn die Frauen zu ihm aufschauten, als wäre er ein Priester, ein Zauberer, der die unmöglichsten Heilungen vollbringen konnte. Mit diesem Blick hatte seine Mutter die Ärzte angesehen, während sich Jawad an ihren Arm klammerte, doch kein Wunder war geschehen. Niemals geschah ein Wunder, das begriff er, als er die Allee erreichte, die am Ozean entlang zur Stadt hinunterführte. Sein Vater war nicht wiedergekommen, sein Bruder war nicht geheilt, keine Ungerechtigkeit war je behoben, und diejenigen, die ihr Leben zerstört hatten, waren ungestraft geblieben, nichts hatte das Regime erschüttert, das auf Korruption und Verachtung des menschlichen Lebens errichtet war; im Gegenteil, ihm schien, dass in diesem Land, das Hourya ebenso wenig wie er hatte verlassen wollen – das hätte bedeutet, Brahim zu verlassen –, der zynische Geist der Mörder seines Vaters gesiegt hatte und dass er, Ismaïl, gutwilliger Mensch, unbescholtener und leidenschaftlicher Arzt, ihnen erlaubte, ihr schmutziges Tun in aller Ruhe fortzusetzen, ihnen unfreiwillig Rückhalt für ein Zerstörungswerk an der Würde früherer Generationen gab.

Er ging nach Hause, die Ernüchterung veränderte seinen Blick auf das hübsche, von seiner Frau eingerichtete weiße Haus, auf die Blumen in den Vasen, die bequemen Sofas, den Salon mit dem alten, gelb-violetten Brokat, die Bücher in den Regalen, die Bilder an den Wänden, sogar die Skulpturen seiner Frau, Harz und Stahl verbunden, die er mit einem Brennen alter und neuer Bitterkeit betrachtete, all das war nicht mehr das Ergebnis eines in unverhoffter Freude eingerichteten Lebens, sondern Fassade, um die einzig wichtige Wirklichkeit zu beschönigen, die des verschenkten Leben, das man damit verbrachte, auf eine bessere Welt, ein weniger bitteres Land, eine gerechtere Gesellschaft zu hoffen. Er ging aufs Dach zu Médées Atelier, sah sie gegen Stein und Stahl kämpfen, Hanf und Seile verflechten, sah sie über das Werk gebeugt, das langsam unter ihren Fingern sichtbar wurde und von Zeit und von Bindung sprach, wacklige Konstruktionen, ungewisse Hoffnungen, und darunter das, was geschieht und was man noch nicht weiß, all das, was verloren ist. Als er nachdenklich hinunterging, ahnte er tief in sich die Stärke der Welt seiner Frau und wie als Gegenbild die Zerbrechlichkeit seiner eigenen. Er fing an, seinen Sohn Adam zu beobachten, wie er die Mutter ansah, spürte ihre tiefe Vertrautheit, die um die beiden, wenn sie im selben Zimmer waren, einen Zauberkreis zeichnete, er sah Houryas dunkle Augen vor sich, ihren Blick, der sich mit derselben unerschütterlichen Zärtlichkeit auf ihn richtete, und wankte, so groß war der Verlust. Mit der Zeit lebte er fast nur noch bei seinen Patienten und den jungen Ärzten, die er ausbildete, er versteifte sich darauf, alle, die sich an ihn wandten, aus der Verletzlichkeit zu retten, gab sich ganz diesem Bemühen hin, das seine Wut in immer größere Präzision, noch höhere Anforderungen an sich selbst verwandelte, kämpfte mit all seinen Kräften gegen die Krankheit und den Tod. Abends kam er todmüde nach Hause. Das Lächeln seiner Frau, der Empfang seiner Töchter, die ihm mit den kräftigen Beinen junger Tänzerinnen entgegenrannten, ihre fröhlichen Umarmungen brachten ihn aus dem Reich der Toten zurück ins Herz dieses lebendigen Hauses, Samia hängte sich an seinen Hals, »mein liebster Papa«, er streichelte ihr dickes Haar, bernsteinfarben wie das ihrer Mutter, aber die nachtdunklen riesigen Augen hatte sie von Hourya. Adam las. Fast immer. Er ging zu seinem Sohn, leise, um die Aufmerksamkeit nicht zu stören, während er sich über die Seiten beugte, und wenn er aufschaute, trafen die unergründlichen violetten Pupillen Ismaïl wie ein Schlag. Er empfand für seinen Sohn eine unausgesprochene, heftige Bewunderung, als hätte sich die Beziehung umgekehrt, als erhoffte er von ihm Brahims Anerkennung für alles, was er vollbrachte. Viel später, als Adam seinen Wunsch geäußert hatte, Philosophie und Sozialwissenschaften zu studieren, hatte er ihn unterstützt, gerührt von der unterirdischen Kontinuität von Generation zu Generation, als wäre das Opfer seines Vaters am Ende nicht vergebens gewesen.

Auch das nicht, was uns fremd ist

Er hebt leicht den Kopf, und Meriem zuckt zusammen, sie war eingenickt, Ismaïls Kopf auf ihrem Bauch, lebendiges Gewicht, ihr Nacken an ein weiches Kissen gelehnt, etwas verrenkt, um ihn bloß nicht zu wecken. »Meine Liebste«, sagt er mit leiser Stimme, »wann gehst du nach New York?« Es ist, als erwartete sie die Frage seit ihrer Ankunft in der Wohnung, wo sich die Umrisse der Möbel endgültig in der Dunkelheit aufgelöst haben, die den Tag vernichtet. Sie schweigt einen winzigen Moment, er spürt ihren Ernst im Dunkeln, zwei Löcher an der Stelle der schmalen Augen, er ahnt ihre Stimme mehr, als dass er sie hört: »Ich gehe nicht.« Er empfängt die Verleugnung wie ein Geschenk, sie hat die langsame Bewegung wieder aufgenommen, ihre Hand in seinen Haaren, weich wie die eines Kindes. Er lässt den Kopf in ihrem Schoß ruhen, sucht seinen Platz an ihrem Unterleib, und sie neigt den Oberkörper, um ihn sicherer aufzunehmen. Sie fährt fort: »Ich will nicht, dass wir getrennt sind. Ich würde es nicht ertragen.« Er umarmt sie, beide Arme fest um ihre Taille, das Gesicht in den Sweater gedrückt, den sie nach dem Duschen übergezogen hat, erschöpft von einem langen Krankenhaustag, er spürt die zarte Haut ihrer angewinkelten Beine, den milchigen Geruch der Seife, die sie benutzt, die Seife seiner Kindheit, mit Talg, große blaue Flaschen mit einer cremigen Flüssigkeit, aus Spanien eingeschmuggelt, Hourya kaufte immer diese Flaschen, Familiengröße, der Hersteller wies darauf hin, als wäre ein Zweifel möglich, es gab immer einen Vorrat im Badezimmer der Wohnung an der Place Pietri. Er bringt eine letzte Frage heraus. »Bist du sicher, meine Liebste? Kein Bedauern?« Sie nickt, und er dreht sich, um sie mit seinem Oberkörper zu bedecken, im leichten Schwindel der Liebe, die seinen Brustkorb sprengen möchte, sein ganzes Sein überschwemmt und sie erneut verbindet.

In jener Nacht schliefen sie in Meriems kleiner Wohnung, und Ismaïl schlug vor, einen Teil des Hauses umzuräumen, in dem er so lange sein anderes Leben gelebt hatte. Meriem hatte protestiert: »Auf keinen Fall, das Haus ist sehr schön so, das würde deinen Kindern wehtun.« Dann schlug er ihr vor, für ein paar Tage in das alte Haus seines Vaters am Meer zu fahren, das fröhliche Haus der Kindheitsferien mit Brahim. Zwei Tage später fuhren sie los. Das Haus war im vorangegangenen Sommer komplett neu verputzt worden. Keine Spur von Médée in diesem Refugium, in das Ismaïl nach Houryas Tod nur noch ein paarmal allein gekommen war. Die Sorge um das Haus hatte er einem Paar übertragen, das in dem nahen Fischerdorf lebte, und er hatte das Haus stets tadellos sauber vorgefunden, weiß gekalkt, die Tür nach der Tradition der Gegend blau gestrichen, die Bougainvilleen blühend und der kleine Garten fast ohne Unkraut. Im Wandschrank in der Diele hing immer noch die Jacke, die Brahim morgens vor dem Fischen angezogen hatte. Die Ärmel waren von Feuchtigkeit zerfressen. Hourya war oft allein mit Jawad und Zahra im Haus in Jnan Nich gewesen; Ismaïl hatte seiner Mutter das Haus geschenkt, nachdem er den Familienmitgliedern ihre Anteile abgekauft hatte. Hourya sollte die einzige Besitzerin sein, nachdem Brahims Verschwinden die Beziehungen zu seinen Tanten und Cousins getrübt hatte, wodurch das Ritual der gemeinsamen Sommer illusorisch wurde. Er wusste, dass die allmähliche Entfremdung Hourya mit Kummer erfüllt hatte, seine Tanten waren immer freundlich gewesen, vor allem Najia, die älteste Schwester der Mutter, aber Hourya hatte dem Schwager nie seine Ausflüchte verziehen und machte ihn für den fehlenden Prozess verantwortlich, was zu Brahims Verlegung in die Strafanstalt geführt hatte, in der er schließlich gestorben war.

Meriem bewegte sich in dem Haus mit einer Selbstverständlichkeit, die Ismaïl berührte, blieb in der Küche mit dem blauen und weißen Steingut stehen, entdeckte mit einem Freudenruf das kleine Wohnzimmer mit niedrigen, leinenbezogenen Bänken und dicken Decken mit Muschelmotiven, strich mit dem Finger über die Bücher im Regal über dem Kamin, den Ismaïl auf Bitten seiner Mutter eingebaut hatte. »Wir könnten immer hier wohnen«, rief sie, ohne sich eine Sekunde die Folgen dieser Bemerkung vorzustellen, die sich in Ismaïls Gedanken und Phantasie festsetzte und ihm in einem Moment, da er ohne die Ausflüchte, mit denen sich der Mensch der ungeschönten Sicht auf sich selbst entzieht, über sein Leben zu entscheiden hatte, einen ganz neuen Weg eröffnen sollte. Sie öffnete die Glastür und trat auf die Terrasse, gefangen vom Anblick des glatten Meeres unter ihnen zwischen den Felsen. Schaukelnde Fischerboote deuteten auf das wenige hundert Meter weiter unten gelegene Dorf hin. Kein Geräusch übertönte die Brandung. Der kobaltblaue Himmel verbreitete ein reines Licht, und Ismaïls Brust schien sich mit jedem Atemzug zu weiten. Gewaltige Freude überkam ihn, er spürte sein Blut kraftvoll durch die Adern fließen, alle Sinne erwachten, der Geruch des Meeres hüllte ihn ein, er zog sich schnell um, nachdem er ihr Gepäck in das kleine kühle Schlafzimmer gebracht hatte, dessen Fensterläden geschlossen waren, und kam barfuß zu Meriem auf die Terrasse. Sie saß mit angezogenen Beinen dem Meer zugewandt auf dem weißen Mäuerchen, das die Terrasse begrenzte. Einem gemeinsamen Impuls folgend, gingen sie wortlos durch das Haus zum Gartentor und rannten den steilen Weg hinunter zum Meer, Meriem mit leichtem Schritt, geradezu hüpfend, Ismaïl etwas vorsichtiger, unter den Espadrilles spürte er die kleinen Geröllhaufen, die hier und da wegzurutschen drohten. Etwas atemlos kamen sie ans Wasser, Meriem zog ihre Ledersandalen aus, hielt sie in der Hand und rannte mit hochgezogenem Kleid in die funkelnde Weite, planschte wie ein Kind, um sich herum schillernde Spritzer, die kaum die Reinheit des Meeres störten. Sie drehte sich um sich selbst, gebremst vom Widerstand des Salzwassers, bald sah er ihre Beine nicht mehr, nur noch ihren Oberkörper, ihre helle Haut und ihr Haar, sie rief ihn lachend, »Komm, komm doch«, aber er blieb stehen und betrachtete sie. Also kam sie glänzend von Salzwasser zu ihm zurück, mit dem warmen Geruch dieses Nachmittags in den Farben von Gischt und Himmel, und der ganze Strand um sie herum vibrierte unter der Sonne. Auf dem Weg zum Haus berührte er ihre frische Haut, das nasse Baumwollkleid klebte an ihren Hüften, plötzlich bog sie ab: »Gehen wir Sardinen essen.« »Dann zieh dich um«, sagte er fast väterlich. »Das ist ein Fischerdorf, da kannst du nicht mit deinem nassen Kleid rumlaufen.« Sie protestierte nicht, und er wartete draußen auf sie, auf das Mäuerchen gestützt, sie war so schnell wieder da, dass er sich vergewissern musste, ob das Kleid, das sie trug und das ihre weißen Waden entblößte, nicht dasselbe war. Er hätte ein längeres vorgezogen, aber er schwieg, er hatte schon genug Gewissensbisse, wenn sie dem verkniffenen Lächeln mancher Kollegen im Krankenhaus, meistens Frauen, ausgesetzt war, die sie als Ehezerstörerin ansahen, sich auf die Seite Médées stellten, ohne sie zu kennen, und sie als Opfer der Umtriebe einer Abenteurerin verherrlichten. Die spürbare Missbilligung war umso heftiger, als Meriems unbestreitbare Kompetenz und ihre Virtuosität als Chirurgin so manchen insgeheim ärgerte. Voller Wut hatte er die verstohlenen Blicke wahrgenommen, wenn sie bei der Morgenbesprechung das Wort ergriff, und die ebenso bewundernden wie lüsternen Äußerungen junger Praktikanten aufgeschnappt; es war, als hätte sich durch die Umstände ihres Privatlebens eine Bresche aufgetan, die Meriems teuer erkämpfte Legitimität ins Wanken brachte und die zweifelsfreie Sicherheit ihrer Handgriffe und ihrer blitzschnellen Intuition angriffen und herabwürdigten. Ismaïl hatte auch erfahren, wie groß die

Kluft zwischen der Nachsicht gegenüber den traditionell männlichen Ehebrechern und der heftigen Verurteilung war, die einer Frau entgegenschlug, die den Schuldigen von einem wie Hochglanzpapier strahlenden Familienleben abgebracht hatte. Deshalb schwieg er zu Meriems Entscheidung für das kurzärmelige, zartgelbe Kleid, das ihre Beine entblößte.

Sie war von verheerender Jugend, als sie so neben ihm herging und sich auf die gegrillten Sardinen freute, die in den beiden Snackbars des kleinen Ortes mit engen Gassen angeboten wurden, manchmal störte das Brummen eines Mopeds den Frieden der geschlossenen Läden, die Bewohner flohen vor der Hitze in eine lange Mittagsruhe, die bis zur Dämmerung dauerte; Meriem setzte sich und überließ es ihm, den Wirt zu rufen und das Menü festzulegen, Tomatensalat mit Zwiebeln, Sardinen mit Meersalz und frisches Brot. Sie lächelte ihn an, ihre Augen rührten ihn, als wäre ihr Blick ein Wunder, das sich unter den Lidern immer wieder erneuerte, ihre zum Zerreißen dünne Haut war ein Gegensatz zu ihrem üppigen Haar, das in der Sonne glänzte. Sie glich einer jungen Mittelmeergöttin, bereit, ferne Ufer zu erobern, und während sie die auf dem Tisch verteilten Speisen verschlang, fühlte er in sich ein seltsames Gefühl von Ohnmacht wachsen, untrennbar mit dem wehmütigen Begehren verbunden, das jede ihrer Bewegungen in ihm weckte; seine ganze Lebenskraft war der Gnade dieser Frau ausgeliefert, die er im Grunde so wenig kannte. Er wusste, dass er oft ungerecht war, ihr insgeheim grollte, manchmal wütend war über die Falle, in der er festklebte wie die Vögel, die mit teerverschmierten Flügeln an den Ozeanstränden in Rabat verendeten. Eines Tages, doch warum war es eher an diesem Tag als an einem anderen, hatte er über die Chirurgenmaske hinweg den Blick der jungen, hochbegabten Assistentin wahrgenommen, die seine Handgriffe vorausahnte wie niemand sonst, eine Art Double, deren Denken sich in den feinen, präzisen Händen verkörperte, die am exakten Punkt des Tumors die weiche Substanz des Gehirns berührte und die Zusammenballung tödlicher Zellen entfernte, an der Grenze zur Zerstörung eines Sinns, der Möglichkeit, sich auszudrücken, sich zu erinnern ... Sie wurde ihm unverzichtbar, er suchte sie, bevor er in den OP ging, und fand sie immer da, wo er es erwartete. In ihrer Anwesenheit lag ein Strahlen, das alle Befürchtungen vertrieb, als dächte sie nie an ein Scheitern, eine Energie, die ihm zu fehlen begann – früher hatte er es besessen, das heilige Vertrauen in seine Handgriffe, die Gewissheit, dass die Operation eine Chance für den Patienten war, der unendlich verletzlich vor ihnen lag, durch die machtvolle Liturgie des OP und seine Zelebranten bereits seiner Freiheit und der Macht über sich selbst beraubt. Als sie ihn anlächelte, rührend vor Jugend in ihrem kurzen Leinenkleid, das Gesicht übersät von den Sommersprossen, die die brennende Sonne hervortreten ließ, wusste er, dass er vor allem diesen Schwung begehrte, der ihm fehlte, der ihm in dem Moment geraubt worden war, da Houryas Sarg in der weichen Erde des Friedhofs am Meer verschwand, als hätte der Glauben seiner Mutter in seine Mission als Arzt ihn bis dahin getragen und die unbesiegbare Melancholie ferngehalten, die ihn sogar an der Macht der Wissenschaft zweifeln ließ, deren kleinste Feinheiten er beherrschen wollte. Als er an einem Tag, da sie gescheitert waren, den OP verließ, während der Körper ihrer jungen Patientin noch am Beatmungsgerät hing, hatte er, bevor er den Eltern den traurigen Ausgang der Operation mitteilte, in einer Regung, die nicht von seinem Bewusstsein gesteuert wurde, die Hand ausgestreckt, um mit der Fingerspitze die Wölbung von Meriems langen Wimpern zu berühren, eine angedeutete Liebkosung, intimer als jede andere, und sie hatte den erschöpften Mann angesehen, der dem Geheimnis in ihr begegnete, das sie nicht kontrollierte. Und in diesem Moment erwachte die Begierde, die beide im unvorhersehbarsten Moment plötzlich packte, dann konnte nichts sie daran hindern, sich für einen kurzen Moment oder länger zu finden, zitternd vor Freude, gemeinsam in der Spirale ihres Verlangens gefangen, das so gründlich befriedigt wurde, dass sie sich danach tagelang ignorieren konnten, als würde das, was so brutal ausbrach, ihr anderes Selbst nicht betreffen, das in einem Leben gefangen war, in dem Verantwortung, Pflicht und höchste Aufmerksamkeit für jede Regung den größten Teil ihrer getrennten und doch verbundenen Stunden ausmachte.

Während sie an jenem Abend wie ein Kind in dem kleinen Zimmer einschlief, hinter dessen Glastür der im Meer versunkene Widerschein der Sterne strahlte, ging er ins Bad und betrachtete sich in dem von Hourya aufgehängten Spiegel so gründlich, wie nie zuvor, ein Mann, alles an ihm lebendig, der feste Körper eines früheren Sportlers mit breiten Schultern, hellen Linien auf der Stirn, der senkrechten Falte zwischen den Augen, der am Hals beginnenden Schlaffheit, er öffnete und schloss die Hände, vergewisserte sich der Gelenkigkeit der Finger, der Festigkeit des Griffs, strich sein weiches, von weißen Strähnen durchzogenes Haar zurück, der Charme eines Sechzigjährigen, dachte er mit ironischer Klarsichtigkeit. Sein geübter Blick blieb an dem hängen, was sich ankündigte, die noch unsichtbaren künftigen Katastrophen, in den Körperfalten verborgen, Atemlosigkeit nach einer Anstrengung, leichte Müdigkeit am späten Nachmittag, die er dem intensiven Arbeitsrhythmus zuschrieb. Sie hatte leichthin über seine Schwäche gelacht: »Mein Liebster, was ist los, der Fluch der Sardinen?« Er hatte mit ihr gelacht, seine Befürchtungen wurden von ihrer ansteckenden Heiterkeit hinweggefegt, sie hatte die Augen geschlossen, und ihr Gesicht war eine uralte Maske, blickloses Gesicht eines Idols mit gewelltem Haar, wie die Wogen des Meeres, und wie durch ein Wunder war sein Begehren wieder da, aus einer bedeutungslosen Regung geboren, die ihn an einem Punkt berührte, an den er sich nie zuvor gewagt hatte, ihrer Art, die Lider zu schließen, ihm, ohne es zu wissen, ihre ganze Verletzlichkeit darzubieten, es war der Taumel dieser Liebe, der ihn übermächtig zu seiner wilden Lebenslust zurückbrachte und ihn lehrte zu sterben.

Zweiter Teil

Auch mein Fortgehn nicht noch meine Wiederkehr

Samia kam für drei Tage nach Rabat, bevor sie nach London zurückfuhr. Sie kündigte ihrem Vater an, dass sie bald wieder da wäre, dann für mindestens einen Monat; er fasste feste Entschlüsse, keinen Alkohol mehr, das war das erste Opfer an die fordernde Göttin der Vaterschaft, so formulierte er es später für sich, erfüllt von der Notwendigkeit, seiner Tochter eine würdige Vaterfigur zu präsentieren. Er war ungeduldig, doch auch voller Sorge, wie jemand, der Kopf und Kragen riskiert und sich die Entscheidungen einer allmächtigen Jury auszumalen versucht. Er rasierte sich sorgfältig, und weil er nicht ausgehen wollte, rief er Hamid an, seinen Friseur seit mehr als zwanzig Jahren, der kam und seine Mähne wieder in Form brachte. Samia hatte immer gern mit beiden Händen in den kupferbraunen Locken des Vaters gewühlt, und er liebte es, wenn sein erstes Kind so kraftvoll Besitz von ihm ergriff, zwischen ihnen hatte immer diese einzigartige Verbindung bestanden, als hätte die Ankunft von Aya und dann von Adam nur noch konzentrische Kreise um diese erste Erschütterung gelegt. Geduscht, frisch rasiert, in heller Hose, weißem Baumwollhemd und weichen Mokassins holte er sie vom Flughafen ab. Trotz des milden Frühlingsklimas fröstelte er, als er zum Eingang des Gebäudes ging, sie war schon draußen, zart und blass, wie eine Geschäftsfrau in Jeans und blauem Blazer, aber ihr Blick richtete sich mit dem gewohnten Strahlen auf ihn. Sie rannte ihm entgegen: »Papa«! All seine Befürchtungen verschwanden, er umarmte sie wie früher, als sie sich auf seinen Schoß gesetzt hatte, um ihm voller Leidenschaft von einem Kummer, einer Ungerechtigkeit zu erzählen, und sie rieb zärtlich ihre Wange an seiner, auch das eine Geste aus ihrer Kindheit. So war es immer zwischen ihnen gewesen, wie hatte er nur fürchten können, sie zu verlieren? Er erkannte, wie fremd sie ihm durch die Entfernung geworden war, aber auch durch seine Neigung, sich seine eigene Verbannung auszumalen, vor allem wurde ihm bewusst, wie sehr ihn in den letzten Monaten die Angst gequält hatte, keinen Platz mehr im Herzen und im Leben seiner Kinder zu haben, oder nur noch einen so entwerteten, geschrumpften, dass er sich bei jeder Begegnung mit ihnen wie ein Paria abseits halten müsste, ein gestürzter Vater, dessen Anwesenheit sie in der Erinnerung an das uralte Verbot duldeten, einen Vater ganz zu vergessen.

»Töchterchen!« Nach der überschwänglichen Begrüßung durch Safia und dem Rundgang durch den gejäteten Garten, er hatte Ba Ahmed kommen lassen, kaum dass das verlorene Kind seinen Besuch angekündigt hatte, setzten sie sich in den Salon. Die langstieligen weißen und violetten Japanrosen in Médées Vasen, der Duft nach Apfelkuchen, der Geruch nach Bohnerwachs und der schwarzen Seife, mit der Safia die Böden geschrubbt hatte, der in Houryas

Räucherschale verbrannte Lavendel, das alles erfüllte das Haus, in dessen leeren Schlafzimmern und dem verlassenen Salon so lange nur das Echo abwesender Stimmen gehallt hatte, mit neuem Leben. Samia hatte erleichtert gelächelt, als sie das Haus unverändert fand, er sah zu, wie sie die Räume wieder in Besitz nahm, und ertappte sie ein, zwei Mal bei einem raschen Blick auf ein Buch, das in ihrer Erinnerung eher in den Regalen aus hellem Holz gestanden hatte, als auf dem Tischchen, sie suchte im vertrauten Umfeld nach Indizien für die Anwesenheit der anderen Frau, deren Existenz einen Krater in ihrer aller Leben gesprengt hatte. Aber Safia hatte aufgepasst, hatte selbst die winzigste Spur von Meriem verschwinden lassen; sie hatte sie gänzlich aus der Erinnerung des Ortes ausgelöscht, sie in die Zwischenwelt verbannt wie einen unerwünschten Geist. Sie aßen gemeinsam auf der Terrasse, und Ismaïl spürte eine unausgesprochene Angespanntheit seiner Tochter, deren auf dem Tisch liegendes Smartphone ständig blinkte. Sie warf einen finsteren Blick darauf und schüttelte unbewusst den Kopf. Sie war so dünn geworden, dass er ihren Körper nicht wiedererkannte, früher war sie üppiger gewesen als ihre Geschwister, die die schmale Figur der Mutter geerbt hatten. Mit seltsamer Rührung, fast mit Erschrecken sah er die Frau in seiner Tochter, fragte sich nach dem Grund für diesen plötzlichen, übertriebenen Gewichtsverlust, der sie zerbrechlich machte, sie, die in dieser *Künstlerfamilie*, wie sie oft mit ironischem Lachen sagte, um Mutter und Bruder herauszufordern, die Fahne eines soliden Pragmatismus hochhielt. Sein Blick blieb an ihren vorspringenden Schlüsselbeinen hängen. Bei der Umarmung auf dem Flughafen hatte er ihre Rippen und durch die dünne Jacke ihre Wirbelsäule gespürt. Sie aß zerstreut und nur wenig, obwohl der Tisch voll war mit ihren Lieblingsspeisen. Safia hatte den ganzen Vormittag für das Mädchen gekocht, das sie hatte heranwachsen sehen. Ismaïl wies sie darauf hin, und sie zwang sich, ihren Teller leerzuessen. Er ärgerte sich sogleich über seine kleine emotionale Erpressung, mit welchem Recht nahm er sich die Rolle des Ernährers heraus, die er nie gehabt hatte, sobald er seine wacklige Vaterrolle wieder einnehmen durfte? Nach dem Mittagessen entschuldigte sich Samia mit einem gezwungenen Lächeln und verschwand in ihrem Zimmer. Er hatte das Gefühl, etwas zu verpassen, sie ist noch zwei ganze Tage hier, wir haben den ganzen Abend, beruhigte er sich, aber nach einer Stunde hielt er es nicht mehr aus und öffnete unendlich vorsichtig ihre Zimmertür. Sie lag auf dem Bauch quer auf ihrem Mädchenbett und schlief tief und fest, die Rollläden waren halb heruntergelassen. Leise ging er hinaus. Das Telefon in seiner Tasche war schwer von der Versuchung, er ging in die Diele zurück und sah nach seinen Nachrichten. Meriem hatte kurz und zärtlich geschrieben und sich nach Samias Ankunft erkundigt, seine Schwestern wollten ihre Nichte umarmen, Youssef schickte einen Gruß und sein Schwager Sadreddine eine sibyllinische Nachricht, er wolle ihn sehen, »wann es dir beliebt«. Diese lapidare Nachricht – bevor Sadreddine seine Schwägerin Lilia geheiratet hatte, war er sein bester Freund gewesen – berührte Ismaïl besonders und erinnerte ihn an die neue Realität seines Familienlebens, das zu einem Ruinen- und Minenfeld geworden war, auf dem er sich nur mit größter Vorsicht bewegen konnte. Samias Anwesenheit löste schon nach wenigen Stunden die Illusion auf, er habe sich neu erfunden, und kratzte am Wunder seiner bisher am Rande jeder sozialen Existenz gelebten Liebe, die Meriem und ihn seit ein paar Monaten auf einer glücklichen Insel isoliert hatte.

Das Mittagessen mit Hind und Najat war Meriems einziger Ausflug in das frühere Leben ihres Geliebten gewesen, gerade so, als befreite sie ihr so herausfordernder gemeinsamer Alltag als Krankenhausärzte davon, woanders zu existieren als im begrenzten Zauberkreis ihrer Zweisamkeit. Ismaïl öffnete die Glastür und ging in den Garten, wie ein von der elterlichen Autorität verfolgter Teenager. Dort wählte er Meriems Nummer, sie ging nicht ran, und während er das Klingeln hörte, malte er sich die unbekannten Gründe für ihr Schweigen aus, bis ihm einfiel, dass sie im OP stand und erst in drei Stunden frei sein würde. Er ging zurück auf die Terrasse und rief Sadreddine an. Das Gespräch war kurz und angespannt, er teilte ihm mit, Médée wolle die Scheidung einreichen. Ismaïl erfuhr, dass sie nach Tanger zurückgekommen und in ein Haus am Berg gezogen war, seinen Vorschlag, ihr gemeinsames Haus zu bewohnen, das er ihr überlassen wollte, lehnte sie ab. Er setzte sich, das Telefon in der Hand, seltsam hilflos. Er hatte den Bruch vollzogen, um die unerträglich gewordene Spannung zwischen seinem Leben in der Familie und dem mit Meriem zu beenden, obwohl er spürte, dass ihre Leidenschaft – welches Wort wäre passender, um zu bezeichnen, was er mit ihr erlebte, die unverhofft seinen Weg gekreuzt hatte – nichts verlangte, keinen besonderen Platz in seinem Dasein beanspruchte, sich damit begnügte, dass er durch sie mit nie gekannter Intensität lebte, weshalb er den anderen, bislang erfüllten und unbeschwerten Zustand an der Seite seiner Frau, die er innig geliebt hatte, nicht mehr hinnehmen konnte. Länger als ein Jahr hatte er gegen das gekämpft, was sich wie eine persönliche Niederlage anfühlte, hatte sich mehrmals von Meriem getrennt und war zurückgekommen, hatte wie besessen an ihre Tür geklopft, die sie jedes Mal mit derselben Inbrunst und derselben Verzweiflung öffnete. Nach den innigen Umarmungen, die ihm etwas über ihn selbst verrieten, das er nicht ignorieren konnte, ohne daran zu sterben – und das hätte er niemandem erklären können, nicht einmal Youssef, hinter dessen Bodenständigkeit sich große Sensibilität verbarg –, fühlte er sich zu Hause, bei seiner Familie wie ein Fremder, der in ein Leben einbricht, das ihn kaum betrifft. Manchmal hatte er geschwankt, mit dem Gedanken gespielt, sich Médée anzuvertrauen, die bis dahin seine treueste Verbündete gewesen war, aber die Vorstellung, ihren Blick zu ertragen, in dem er erst Ungläubigkeit und dann Schmerz hätte lesen müssen, hatte ihn immer wieder davon abgebracht. Eigenartigerweise wuchs in ihm der Zorn gegen sie, die ganz und gar mit den Figuren beschäftigt war, die sie mit schöpferischer Begeisterung formte. Sogar ihre Diskretion – sie sprach nicht von ihrer Arbeit, hielt sie am Rand des Familienlebens, während er den Raum für seine mit einer Selbstverständlichkeit beanspruchte, die ihm allmählich bewusst geworden war, als die Anerkennung für Médée kam und sie die Einladung erhielt, ihre Arbeiten in Galerien auszustellen, deren Bedeutung ihm erst im Nachhinein bewusst wurde, davon kündete die wachsende Bekanntheit, bald über die Grenzen ihrer Stadt und sogar des Landes hinaus, die ihren Namen nach Europa und Amerika trug – fühlte sich in solchen Momenten an wie eine Verschleierung, zumindest wie ein erfolgreicher Versuch, kleinzumachen, was sie für sich selbst vollbrachte, während sein Beruf als Chirurg in ihrem familiären und sozialen Leben allen Raum einnahm. Ein unterdrückter Groll hatte ihn auch gepackt, als ihm bewusst wurde, dass er ganz und gar von der Vertrautheit zwischen ihr und den Kindern ausgeschlossen war, wie sie aus dem gemeinsamen Alltag erwuchs; er nahm ihr sogar das unverbrüchliche Vertrauen übel, das sie ihm entgegenbrachte, indem sie seine häufige Schlaflosigkeit allzu schnell der Erschöpfung zuschrieb und sich voller Anteilnahme nach seinen Tagen im Krankenhaus erkundigte; eine aufdringlichere Zärtlichkeit hätte er sicher nicht ertragen, aber er deutete ihr Vertrauen, das sie nie infrage stellte, als Gleichgültigkeit und dachte mit seltsamer Bitterkeit an das andere Leben, das sie ganz allein, ohne sie alle führte. Er begann sich auszumalen, wie Médée reagieren würde, wenn er ihr sagte, was ihn quälte, und sah sie nie von Wut oder Verzweiflung gepackt, hysterisch oder eifersüchtig, sondern immer schweigend, in unerschütterlicher Würde. In solchen Momenten des inneren Zorns, der umso heftiger wurde, als er wusste, wie ungerecht er war, verglich er sie mit Meriem, die so leidenschaftlich, so lebendig war, auch sie zutiefst unabhängig, aber ganz und gar bei ihm, wenn sie um die Heilung der Patienten kämpfte, sich einsetzte, um bei den Sitzungen mit dem Ministerium und der Krankenhausverwaltung mehr Subventionen zu erhalten, sich in einem Verein zur Unterstützung von Angehörigen engagierte, der deren Aufenthalte in der Stadt organisierte und finanzierte, wenn sie von weither kamen, um einen Kranken zu begleiten. Er sah Médée mit anderen Augen, entdeckte wieder ihre aristokratische Schönheit im Vergleich zu Meriems geschmeidigem, starkem Körper, an dem sogar die Unvollkommenheiten sein Begehren weckten. In der Art seiner Frau, sich zu bewegen, zu essen, zu sprechen war etwas, das ihn auf Distanz hielt, ihm die Grenzen der Vertrautheit zeigte, in die sie ihn doch an einem Juninachmittag im Haus ihrer Eltern in Tanger aufgenommen hatte, als sie ihm das von strahlendem Licht erfüllte Atelier öffnete, ihm Statuen mit reinen Formen oder in verschlungenen Eisendrähten gefangene und gefesselte Geschöpfe aus gehärtetem Harz offenbarte, ein mitreißendes Universum, das er im Überschwang tiefer Liebe in sich aufgenommen hatte, die all die Jahre geblieben war.

Ihm war die Schäbigkeit seiner Vorwürfe bewusst, zumal sie ihm vorgeschlagen hatte, ihn öfter auf seinen Auslandsreisen zu begleiten. Die Kinder waren groß und aus dem Haus, also war sie frei, mit ihm zu gehen. Er erinnerte sich, schon wieder voller Zorn, an die Einsamkeit in anonymen Hotelzimmern; kaum war er angekommen und hatte den Koffer abgestellt, rief er seine Frau an, litt an ihrer Abwesenheit auf jeder Etappe dieser Hochämter der medizinischen Kommunikation, beobachtete seine Kollegen, die den Ausflug in die Freiheit genossen, sich auf kurzzeitige Beziehungen einließen, außereheliche Abenteuer, die die Entfernung irreal machte, während er sich nur nach der Rückkehr zu den Seinen sehnte. Und jetzt steht er da, mit sechzig Jahren, geschlagen, das ist das Wort, und entdeckt die unwiderruflichen Folgen seiner Anständigkeit. »Wie kann man nur so bescheuert sein!«, hatte Youssef gesagt, als er von Ismaïls Abkehr von seiner Frau auf dem internationalen Flughafen gehört hatte. »Wie kann man so brillant und zugleich so dämlich sein? Das Mädchen ist so alt wie deine Tochter! Heute sind sie mit fünfunddreißig wie unsere Schwestern mit zwanzig waren. Deine Frau ist dein Rückgrat, mein Bruder, die Mutter deiner Kinder. Gönn dir, was du dir gönnen musst, aber bewahre deine Familie.« Aber er war nicht so berechnend. Er respektierte seine Frau, ihre Beziehung. Er hatte sie mit einem Schlag vernichtet und sich auf ein Wahrheitsideal berufen, das sich plötzlich relativierte. Youssefs Pragmatismus ärgerte ihn, er sah darin eine moralische Verwerflichkeit, die er dem Zustand der ganzen Gesellschaft zuschrieb, in der die Verkehrung der Werte Ausflüchte und Verhandlungen verlangte, denn für alle zahlte nur die Sorge, den Schein zu wahren, und sei es auf Kosten der Wahrheit. Er empfand eine Distanz zur Mehrheit seiner Mitbürger und beobachtete die neue, weniger strenge Generation von Ärzten, die jede Verschlechterung in ihrem staatlichen Krankenhaus und den Verfall auf vielen Stationen schicksalsergeben hinnahmen. Er wusste, dass viele von ihnen heimlich in Privatkliniken Termine machten, und schloss die Augen vor der Korruption; hilfsbedürftige Patienten verstrickten sich in der ausweglosen Situation und bestachen das Personal, um aufgenommen zu werden und Vergünstigungen zu erhalten. Überall herrschte das Geld, siegte die skrupellose Geschäftemacherei. Er lebte in ständiger Abwehr, schuf gegen alle Widrigkeiten eine Insel der Strenge und Kompetenz mit den jungen Ärzten, die ihm unterstellt waren, ebenso wie andere Kollegen seiner Generation, die noch eine klare Vorstellung von Krankenhausmedizin verkörperten.

Er ging ins Haus. Samia schlief immer noch. Seine Unbeschwertheit war verschwunden. Die kurze Rückkehr seiner ältesten Tochter schärfte seinen Blick, er erkannte die Naivität seiner Entscheidungen, seiner Glaubensgrundsätze, seines von der Illusion geleiteten Lebens, Hourya die Würde zurückzugeben, die ihr mit Brahims Verschwinden geraubt worden war. Auf seine Art hatte er versucht, die erlittene Demütigung auszulöschen, dass sie vom guten Willen des Mannes seiner Tante Najia abhingen, um winzige Splitter ungewisser Informationen zu erhalten, die ihnen Aufklärung über Brahims Schicksal bringen würden. Mit sechzig Jahren erwachte er erschöpft in einer Gesellschaft, in der Beutegier gegen Kannibalismus kämpfte, wie er an den blutlosen Körpern seiner Patienten sah, denen Tumore das Hirn zerstörten oder gar das Leben raubten, und die oft zu ihm kamen, wenn es schon zu spät war. Auf internationalen Kongressen projizierte er Tumore von ungekannter Form auf die elektronische Leinwand, riesige Wucherungen, die vom verzweifelten Lebenswillen seiner Landsleute zeugten, zugleich aber mit unaussprechlicher Brutalität die Not des Gesundheitswesens in seinem Land offenbarten. Er hatte seine Assistenzärzte die Früherkennung von Tumoren gelehrt, Sensibilisierungskampagnen für die Wahrnehmung der ersten Symptome neurologischer Störungen angestoßen, Subventionen beantragt, um die Aufnahmefähigkeit der Station zu erhöhen. Er hatte publiziert und gelehrt. Meriem war in gewisser Weise seine Nachfolgerin, er sah in ihrer Genauigkeit, ihrer Freundlichkeit, ihrem Engagement im Krankenhausdienst ein Double des ehrgeizigen, hartnäckigen und brillanten jungen Mannes, der er gewesen war. Damals musste alles noch geschaffen werden, und seine Generation konnte trotz des Aderlasses, den die dunklen Jahre der Repression an der Elite des Landes vorgenommen hatten, auf bessere Tage hoffen. Doch inzwischen wurde die Universität von glühenden Predigern überschwemmt, manche Ärzte weigerten sich aus religiösen Gründen, ihren Kolleginnen die Hand zu geben, und verwiesen Patientinnen an Frauen, wenn die Untersuchung ihre Nacktheit erforderte. Brahim war umsonst gestorben, und er selbst war außerstande gewesen, bei seinen Studenten den Strom der neuen Gläubigkeit einzudämmen, die für eine Jugend ganz ohne Bezugspunkte umso verlockender war, als sie sich mit dem Deckmantel einer erfundenen, grotesk entstellten Tradition tarnte.

Seine Gedanken überschlugen sich, er stellte sich seine Frau in dem Haus am Hang der Vieille Montagne vor, nicht weit von dem ihrer Kindheit, wo sie der geisterhaften Anwesenheit ihrer Mutter Faïza ausgeliefert war. Jedes Werk, das Médée schuf, war von der stürmischen Beziehung zu dieser mondänen, narzisstischen Mutter geprägt, die offenkundig von einer Depression gequält wurde, die sie hartnäckig leugnete. Warum hatte sie sich für die Rückkehr an die Quelle entschieden? Er konnte sich nicht beherrschen und fragte am Abend, als das Essen abgeräumt war, Samia danach. Sie antwortete ruhig, dass Médée und Juan beschlossen hätten, in Tanger zu leben, wo sie sich kennengelernt hatten, als sie noch ein ganz junges, von der Steinmetzkunst begeistertes Mädchen war, er aber schon ein bekannter Bildhauer. Vielleicht wollten sie ihre so alte und ganz neue Beziehung im Boden des Anfangs verankern und eine Kontinuität erfinden, die nur dieser Raum bieten konnte. Er schwieg, berührt von Samias hörbarer Zärtlichkeit für ihre Mutter. »Mama ist stark«, betonte sie. »Ich dachte, sie stirbt an dem, was ihr geschehen ist, sie schien außerstande, ohne dich zu leben.« In ihrer Stimme mischten sich Erleichterung und Stolz. Er erkundigte sich: »Ziehen sie zusammen?« »Nein, Juan hat ein Haus in der Nähe gekauft, Mama will ein Haus für sich, so hat sie es zu Adam gesagt. Sie werden sich oft sehen, aber ich glaube, sie will nicht mehr bei jemandem wohnen.« Ismaïl hatte das Bedürfnis, sich zu rechtfertigen: »Ich habe ihr vorgeschlagen, das Haus zu behalten, weil ich finde, es ist ihres. Offenbar hat sie mein Angebot endgültig abgelehnt.« Man hörte den Ärger in seiner Stimme. Samia sah ihn neugierig an: »Dachtest du wirklich, sie würde weiter in diesem Haus wohnen wollen? Ich hätte das niemals akzeptiert!« Vor ihm tat sich eine unbekannte Welt auf. Er hatte nie daran gedacht, dass Médée sein Angebot ablehnen könnte. Auch seine Tochter war eine Frau, solidarisch mit ihrer Mutter forderte sie ihn heraus: »Hast du dir gewünscht, dass sie Penelope spielt, als Hüterin der Tradition, während du deine große Liebesgeschichte auslebst? Sie hat tausendmal recht, Papa!« Ja, in den Augen ihrer drei erwachsenen Kinder hatte Médée recht, für immer und egal, was sie tat. Für ihn bewahrten sie eine distanzierte Zärtlichkeit, vor allem Adam würde ihm die Abkehr von seiner Mutter nie verzeihen. Samia erzählte ihm, dass Adam Juan angerufen hatte, er sorgte sich so sehr um seine Mutter, dass er bei ihrem alten Freund um Hilfe gebeten hatte. Médée hatte ihm erzählt, wie sie Juan als Siebzehnjährige kennengelernt hatte und der junge, hochbegabte Bildhauer ihr Mentor geworden war. Ismaïl war ihm zweimal begegnet, und jedes Mal hatte ihn das strahlende Charisma des Künstlers irgendwie gereizt. Er hatte mit Médée gescherzt, daran erinnerte er sich nun, »Juan ist in dich verliebt«, und sie hatte mit ihm gelacht, »Das ist lange her, als ich jung war, ein bisschen, ja.« Er wusste auch, dass Juan Médées künstlerischen Werdegang aufmerksam verfolgte, ihr Erfolg war auch seinem Einfluss zu verdanken. Er hatte Médée aus der Einsamkeit ihres Ateliers geholt, indem er anerkannte Institutionen auf sie aufmerksam machte. Aber niemals hätte Ismaïl sich dieses Ende vorgestellt, Juan und Médée nach seiner Abkehr vereint; dabei lag in dieser Bindung eine offenkundige Zwangsläufigkeit, und die leichte Ironie in Samias Blick machte ihm seine Blindheit bewusst, die ihn schon beherrscht hatte, als er noch ganz jung war und sich bei seiner damaligen Freundin Siham nicht vorstellen konnte, dass sie jemand anderes treffen und ihn verlassen könnte.

Als er beschlossen hatte, seine Frau mit solcher Brutalität zu verlassen – um den Bruch damit unwiderruflich zu machen, aber vor allem, weil er sich keine akzeptable Art ausmalen konnte, ein Handeln zu rechtfertigen, für das er sich schämte, das sich ihm jedoch mit solcher Gewalt aufdrängte, dass er nicht wusste, wie er es beenden sollte –, war ihm völlig bewusst gewesen, dass Médée eine Zeitlang von der Brutalität dieses Schlags zerstört sein würde; aber er wusste auch, dass eben diese Brutalität für sie beide die Voraussetzung für ein anderes Leben war, genauso, wie nach einem unerwarteten Tod der überlebende Partner aus Schmerz und Zerstörung eine verzweifelte Kraft schöpfen und durch tiefe Veränderungen seines Wesens und seiner Psyche unverhoffte Ressourcen finden kann. Nun aber entdeckte er die Frau, die so viele Jahre lang die seine gewesen war – ihm ergeben und zugleich von einer Notwendigkeit getrieben, die sie den alltäglichen Gefühlen entzog, wenn ihre ganze Energie und Empfindsamkeit auf die Produktion ihrer Geschöpfe aus Stein und Hanf, aus Stahl und Glas gerichtet waren –, in den Sätzen seiner Tochter als eine andere; als hätte seine Abkehr, indem sie Médée vernichtete, ihre Kraft offenbart. Er erkannte in Samias Bewegungen und in ihrer Stimme einen geheimen Jubel; die endlich offenbarte Stärke ihrer Mutter befreite sie zugleich von der Einbildung ihrer eigenen Schwäche. Sie sprach schnell und begeistert, nach anfänglichem Zögern gestand sie ihm, dass sie nach den drei Tagen in Rabat für eine Woche zu Médée nach Tanger und erst dann weiter nach London fahren würde. Die Mutter würde ihr wenige Tage später folgen, weil in der Galerie Saatchi eine

Retrospektive ihrer Arbeiten gezeigt wurde. Samia errötete vor Stolz, als sie es ihrem Vater erzählte. Er hörte ihr zu, irgendwie gekränkt und zugleich erstaunt, dass er so schäbig war, so unfähig, sich ehrlich über Médées erstaunliche Resilienz zu freuen. Ihn durchfuhr der Schmerz eines Verlustes, während Samia aufgeregt weitersprach: »Adam und Aya kommen auch zur Vernissage, wir sind alle zusammen, und Adam hat Mama vorgeschlagen, dass wir danach ein paar Tage nach Yorkshire fahren. Ich kann leider nicht mit, aber Adam fährt auf jeden Fall mit ihr, das steht fest. Du weißt ja, wie er sie immer vor allem schützen will.«

Das wusste er tatsächlich, wie er auch wusste, dass er für seinen Sohn fast zum Feind geworden war, der Mann, dessen egoistische Leidenschaft das Leben dieser vorbildlichen Frau erschüttert hatte, die er über alles liebte und bewunderte. Seit ihrer Trennung schien Médées Weg von Sternen übersät zu sein. Als Samia ins Bett gegangen war, wälzte er finstere Gedanken. Er stellte sie sich vor, seine Kinder um die strahlende Médée versammelt, Juan an ihrer Seite, der vom Schicksal gesandte Schutzengel für ihre Mutter, den sie bewunderten. Er stellte sich die herzliche Vertrautheit zwischen Juan und Adam vor, ihre leidenschaftlichen Gespräche über so unterschiedliche Themen wie die Darstellung, das Engagement des Künstlers, die Nord-Süd-Beziehungen, den Platz der Erinnerung im Raum. Er wusste, dass Juan, von Médée ermutigt, auch für Adam ein Mentor werden würde, dass es vielleicht eine Zusammenarbeit zwischen den Arbeiten seines Sohnes über Migration und Gedächtnis und der Ausdruckskraft des außerordentlich lebendigen Künstlers geben würde, dessen Werk von einer tiefen und vielschichtigen Menschlichkeit zeugte. Eigentlich hatte er die Büchse der Pandora geöffnet, indem er Médée von einem Dasein selbstbestimmter Zurückgezogenheit befreite, von der er selbst sehr profitiert hatte. Gefangen in seiner Leidenschaft für Meriem, der Beglückung, die ihn noch mehr ins Zentrum seiner selbst rückte und sein Ego als Mann aufblähte, eines Mannes an der Schwelle zum Alter, der sich nun voller Hochgefühl an den Abstieg macht und in diesem Rausch das Gefühl seiner Allmacht verlängert, hatte er Juans Existenz und damit die Möglichkeit einer anderen Liebe, eines neuen Lebens für Médée ganz und gar vergessen.

Jetzt sah er in Médées Ablehnung, seine Großzügigkeit anzunehmen – den unbegrenzten Zugang zu einem Bankkonto, das er füllen würde, sowie die Nutzung ihres Familienhauses –, eine Art, ihm die Dürftigkeit seiner Versuche der Wiedergutmachung vor Augen zu führen, aber auch und subtiler eine Konfrontation mit der Wirklichkeit, die sie ihm lange erspart hatte, während sie sich bemühte, ihn im Zentrum eines innigen und engen Familienlebens zu halten, für das sie während all der Jahre zum größten Teil allein gesorgt hatte. Er hatte es immer gewusst, aber nie die Großzügigkeit gewürdigt, mit der sie ihn auf ihre zurückhaltende Art zu einem wahren Paterfamilias gemacht hatte, darauf bedacht, für ihn das zu erschaffen, was ihm die Umstände seiner Kindheit, das Verschwinden seines Vaters, als gewaltiges Loch in der Familie verwehrt hatten. Nun stellte ihn Médée praktisch unter Hausarrest, beraubte ihn seiner Freiheit, indem sie einfach die Rolle ablehnte, die sie mit der Rückkehr in dieses Haus ganz natürlich hätte ausfüllen können, wie Hourya, die ihr Leben lang in der Wohnung an der Place Pietri geblieben war, die für ihre Kinder die Kontinuität des Familienlebens und die Gewissheit verkörperte, dass Brahims Platz trotz allem bewahrt blieb. Er wusste, dass Médée nicht über die Folgen ihrer Ablehnung nachgedacht hatte, sie hatte auf seinen Vorschlag mit einer für ihn neuen Freiheit reagiert, die er selbst erst möglich gemacht hatte. Er stellte mit seltsamer Enttäuschung fest, wie wenig Zeit sie letztendlich gebraucht hatte, gemessen an dem, was ihre Ehe für sie bedeutet hatte, um sich von allen Zwängen des Familienlebens zu befreien, das um die Notwendigkeit organisiert war, ihn von jeder privaten Belastung freizuhalten, damit er sich ganz seinem anderen, den Kranken gewidmeten Leben weihen konnte. Médée war autonom genug, und zwar schon immer, um ohne ihn zu leben, ihrer Kunst zugewandt, der Erkundungsarbeit hingegeben, die sie während ihres Ehelebens erfüllt hatte.

Zum ersten Mal in dreißig Jahren fragte er sich, wie seine Frau es geschafft hatte, ihre Tage so zu organisieren, dass seine Bedürfnisse und die ihrer Kinder im Vordergrund standen. Wie alle Männer seiner Generation, mit seltenen Ausnahmen, war er davon ausgegangen, dass seine Frau in dem Familienleben, das er ihr bot – so hatte er es für sich mehr oder weniger bewusst formuliert –, ein wichtiges, wenn nicht gar unverzichtbares Gleichgewicht fand; mit leichtem Schuldgefühl hatte er sie die Last tragen lassen, ohne nach dem Opfer zu fragen, das diese Aufgabenteilung für sie bedeutete. Er stellte sich sein Leben mit Meriem vor, wenn sie eine Familie gegründet hätten, niemals hätte er sie mit einer solchen einseitigen Aufgabenteilung belasten können. Im Grunde hatte er mühelos die Vorstellung akzeptiert, dass seine Arbeit als Chirurg, seine Berufung und das, was sie an Verantwortung mit sich brachte, absolute Priorität genossen. Manchmal erwähnte Médée die Schwierigkeiten der Künstler, Anerkennung für die Notwendigkeit ihrer Arbeit zu finden, sie erzählte Geschichten von Freunden, die unter materieller Not, aber auch unter dem Unverständnis ihrer Familie und ihres Umfelds litten. Viele von ihnen hatten Einsamkeit und gesellschaftliche Missachtung erlitten, wohl auch, weil ihre Arbeit einen echten Bruch mit üblichen Darstellungsformen bedeutete, das sagte Médée oft; es war eine große Herausforderung, mit der klaffenden Wunde der kolonialen Dominanz zu arbeiten, die diese Künstler gestalteten, indem sie sich diese Wunde aneigneten, wie ein Körper das verpflanzte Stück fremder Haut gleichzeitig annimmt und abstößt. Médée hatte eine andere Geisteshaltung, und als er sich ihr mit so endgültiger Brutalität entrissen hatte, hatte er ihr erlaubt, in ihr gelobtes Land zu gelangen, begleitet von einem Mann, der sie ganz und gar anerkannte, so wie er Meriems Dringlichkeit akzeptierte und verstand, wenn sie ein gemeinsames Abendessen absagte, weil ein Patient ihre Aufmerksamkeit verlangte.

Im Verlauf dieser schlaflosen Nacht sprach er kurz mit Meriem, aber seine Gedanken waren woanders, und in den folgenden Tagen, auch nach Samias Abreise, nahm er eine ganze Reihe von Tatsachen und Umständen im Lichte dieser neu erworbenen Klarsichtigkeit wahr, sie stürzte ihn in eine Ungewissheit, die ihm neu war. Bevor ihn Samia erholt und mit strahlenden Augen verließ, verkündete sie ihm, dass sie nicht mehr sicher war, ob sie weiter in London leben wollte, inmitten der City und der Finanztransaktionen, all das bestätige doch wohl die Gefräßigkeit eines Wirtschaftssystems, dessen Existenz- und Entfaltungsbedingungen sie erforschte und das den antiken Ungeheuern glich, die sich vom blutigen Fleisch täglicher Opfergaben ernährten. Dabei erfuhr er auch, dass sie eine toxische Beziehung hinter sich hatte; offenbar hatte sie durch das schmerzhafte Scheitern gelernt, die Welt, in der sie sich bewegte, anders wahrzunehmen, weil auch sie zum Scheitern ihrer Geschichte mit einem brillanten Architekten beigetragen hatte, dessen Projekte viel mit ökologischen und solidarischen Werten zu tun hatten. »Er sprach wie Mama, weißt du, die ganze Rhetorik über das Anthropozän, unsere erschreckende Neigung, zu zerstören, was uns ernährt, der Fluch des prometheischen Menschen, wenn er vergisst, dass er von der Umwelt abhängig ist, die er verändert, all die Diskussionen, die Mama und Adam in den letzten Jahren immer wieder mit uns geführt haben«, erzählte sie Ismaïl. »Ich fühlte mich immer genervt, aber auch angesprochen. Und dann ist es gekippt, es gab das Erdbeben in Indien, und auf einen Schlag sind die Kurse für Bauunternehmen in die Höhe geschossen. Diese Quasi-Simultaneität zwischen den beiden Realitäten erlebe ich zwar jeden Tag, aber das war so brutal, verstehst du, ich weiß nicht, das hat mir plötzlich die Augen geöffnet, ich habe begriffen, nein, ich habe gespürt, was ich da mache, woran ich mich beteilige, wofür ich verantwortlich bin, Papa.« Er zog sie gerührt an sich. »Ich verstehe, mein Schatz. Was hast du vor?« Sie seufzte, und er ermutigte sie, indem er ihr übers Haar strich. »Wir sind eine kleine Gruppe, frühere Kommilitonen, wir wollen ein Startup gründen, ich glaube, ich steig da richtig ein, es geht um solidarische Ökonomie. Ich erzähle dir später mehr, vielleicht komme ich dann hierher zurück. Die Idee ist ein Gründerzentrum, das Unternehmer begleitet, die solidarische, ökologische, langfristige und regionale Projekte ins Leben rufen. Der Initiator solcher Gründerzentren, die in Indien und Venezuela bereits funktionieren, ist ein Freund von mir. Am Anfang wollte er nur drei lokale Unternehmer in seiner Provinz begleiten. Das funktioniert ganz gut, man kann Kompetenz in die Länder des Südens zurückholen, Finanzkreisläufe zur Unterstützung installieren, aber nicht nur ... Ich habe Adam davon erzählt, und er hat mich mit Leuten zusammengebracht, die schon in solchen Projekten arbeiten. Es ist crazy, ich habe ein komisches Gefühl, es ist ein schwieriger Weg, nicht so glatt wie die City, verstehst du, und ich verdiene viel weniger. Aber ich begegne wunderbaren Menschen, und mein Leben hat einen Sinn.« Er spottete liebevoll: »Ein Beziehungsende ist offenbar Gelegenheit für einen Neuanfang. Früher stürzte es Frauen in den Untergang.« Sie antwortete lächelnd: »Bist du wehmütig, mein lieber Papa? Vielleicht haben wir Frauen ja inzwischen ein paar Sachen begriffen.«

Er war nicht wehmütig, aber das Gespräch warf ein neues Licht auf sein eigenes Leben. Er hatte das unklare Gefühl, irgendwie an den Rand gerutscht zu sein, nachdem er so lange die Welt um sich herum organisiert, sein Krankenhausleben zum zentralen Bezugspunkt gemacht hatte, ohne je über seine eigene Relativität nachzudenken. Die enge Verbindung zwischen den Kindern erfüllte ihn mit großer Dankbarkeit, doch zugleich erkannte er Médées Anteil an ihrem Austausch, sie war für alle drei wie ein Wachposten, sogar den Inhalt ihrer Überlegungen und ihre Orientierung als junge Erwachsene schöpften sie aus dem anspruchsvollen Werk, das ihre Mutter in aller Zurückhaltung geschaffen hatte, wenn sie in leidenschaftlichen Gesprächen ihre Weltsicht beeinflusste, in oft anstrengenden Gesprächen, die er verpasst hatte. Nach Samias Abreise verspürte er eine Leere, die das Zusammensein mit Meriem nur unvollständig füllte.

Geschlossen wie eine Wand aus Buchs | Höchstes kompaktes Glück | Ist unser Höhenzug

Eine indirekte Folge von Samias Besuch war Meriems offenkundige Abwehr in den folgenden Tagen. Er merkte es schon, als er sie auf dem Rückweg vom Flughafen anrief, um sich für denselben Abend mit ihr zu verabreden. Sie antwortete kurz, sie könne nicht am frühen Abend zu ihm kommen, ein Kollege feiere den Geburtstag seiner Schwester. Ismaïl wunderte sich nicht, dass er nicht eingeladen war, der Arzt gehörte eher zu Meriems Generation als zu seiner, näher an Samia als an ihm, wie ihm plötzlich auffiel. Er ging im Krankenhaus vorbei, schaute nach seinen kürzlich operierten Patienten, las seinen OP-Plan. Der nächste Tag begann schon um acht Uhr, deswegen fuhr er nach Hause, um sich zu erholen, bis Meriem käme. Zwischendurch lehnte er Youssefs Einladung zum Abendessen ab, der Freund war froh, dass er Samia am Vortag getroffen hatte, und sorgte sich, weil Ismaïl nun wieder ohne seine Tochter war. Er brauchte Einsamkeit nach diesen Tagen voller Gefühle und Offenbarungen, die ein verstörendes Licht auf seine Entscheidungen und überhaupt auf die Selbstwahrnehmung seines Lebens geworfen hatten. Safia war düster, Samias Abreise machte sie traurig. Er aß allein und hastig, während er die Fernsehnachrichten sah. Kriege, Naturkatastrophen wegen des Klimawandels, große Treffen von Männern in dunklen Anzügen, die gewissenhaft die Bedingungen für den wirtschaftlichen Raubzug organisierten, junge strahlende und sensible Menschen, die weltweit durch die Straßen der Großstädte demonstrierten, um ihr Recht auf eine Zukunft geltend zu machen, und die ein anderes Erbe verlangten als das eines ausgebluteten und deregulierten Planeten; wer wird sie hören, dachte er mit alter Bitterkeit. Andere junge Leute hatten vor ihnen für ein besseres Leben geschrieben und gearbeitet, gegen die Gewalt eines politischen Systems gekämpft und die Möglichkeiten einer gerechteren Gesellschaft ausgelotet. Die Besten, wie sein Vater, hatten ihr Ideal von Gerechtigkeit und Freiheit nicht überlebt. Er dachte an seine Tochter, die für dasselbe nicht auszurottende Ideal einen neuen Weg einschlug. Vielleicht war ihre Generation besser gerüstet als die letzte und richtete die Werkzeuge der finanziellen Dominanz gegen das System, das im Namen der Marktfreiheit die Entfremdung der Menschen und die Zerstörung ihrer Umwelt vorantrieb. Er hatte seinen Weg gewählt und sich in gewisser Weise viele Fragen erspart, verteidigte leidenschaftlich das staatliche Krankenhaus und ignorierte die finanziellen Versuchungen der Privatkliniken. Er war viel weniger reich als viele seiner Kollegen, aber er hatte auch nie von der Macht geträumt, die einem das Geld verleiht.

Er saß in dem vertrauten Salon, schaltete den Fernseher und das Licht aus, ließ die wohltuende Dunkelheit sich ausbreiten. Die Klarheit der Nacht drang durch die Fensterfront im Wohnzimmer herein und zeichnete bläuliche Schatten. Er streckte die Beine aus und schloss die Augen. Samia war jetzt bei ihrer Mutter. Sie hatte ihm nach der Ankunft eine Nachricht geschickt. Seine Tochter fehlte ihm. Aya und Adam auch. Und Ayas Kinder. Er hatte Samia nicht gefragt, ob die Enkel auch zur Vernissage ihrer Großmutter nach London kommen würden. Sicher zu klein. Sie würden mit ihrem Vater in Paris bleiben. Niemals war Médée allein gereist und hatte ihm die Kinder anvertraut. Niemals hatte Hourya woanders übernachtet, kein einziges Mal. Er bewegte sich auf dem Sofa, lehnte sich bequemer an, schaltete den Fernseher wieder ein; lautlos zogen die Bilder an seinen müden Augen vorbei, der Wahnsinn der entfesselten Welt. Der Krieg … Er erkannte die völlig zerstörten Straßen von Aleppo. Einmal hatte ihn der Chef der Neurochirurgie des Krankenhauses von Aleppo eingeladen, er war mehrmals in Syrien gewesen, aber auch in Beirut, Bagdad und im Westjordanland. Die große Moschee von Aleppo verwüstet, das Minarett geköpft, er erinnerte sich an die lebendige Schönheit des großen Innenhofs aus schwarzem und weißem Marmor, durch den Kinder rannten, nun ein Trümmerfeld. Die heutige Barbarei zerstörte, was Jahrhunderte menschlicher Geschichte sorgfältig bewahrt hatten. Er ahnte, dass ihm die sich nun ankündigende Welt fremd sein würde, an der seine Tochter so selbstverständlich teilhatte, ihm stand nicht der Sinn danach, sich zu verweigern, aber er trug in sich das Gewicht der früheren Geschichte, die kostbare Erinnerung. Nicht ohne Grund rühmten traditionelle Gesellschaften die Weisheit der Alten, würdigten ihre Erfahrung, förderten die

Übertragung des Wissens, das in einem langen Erdendasein gewachsen war. Doch seine Generation war mit einer so unglaublichen Beschleunigung der Technik konfrontiert, dass diese Erfahrung in der Hektik der Aneignung obsolet zu werden drohte, als müsste die Menschheit selbst durch diese Innovationen verändert werden. Er sah Indigene, die den Amazonaswald gegen die von den Agrarkonzernen organisierte Abholzung verteidigten. Er bewunderte die Würde dieser letzten Bewohner des Urwalds, die für ihr Überleben kämpften, das untrennbar mit dem ihrer jahrtausendealten Umgebung verbunden war. Adam hatte einmal beim Essen mit seiner Verlobten Sofia darüber gesprochen. Und wieder überkam ihn das Gefühl der Ohnmacht. Er sah den wütenden Mann, wahrscheinlich der Stammesführer, seinen geraden Blick, den muskulösen, erdverbundenen, mit den Insignien seines Stammes geschmückten Körper. Ein Widerstandskämpfer. Zum Scheitern verurteilt. Der unerbittliche Lauf der Welt zermalmte alle, die eine andere Daseinsweise verteidigten, um eine heilige Bindung an das Leben zu retten. Wir sind zu einer mörderischen Art geworden, dachte er, wir zerstören, indem wir leben, wir zerstören das Leben. Man muss neue Wege finden, das Leben zu verteidigen. Aber er wusste, dass das nicht sein Kampf sein würde, sondern der Kampf künftiger Generationen. Er hatte Leben weitergegeben, wie Brahim und Hourya vor und seine Kinder nach ihm. Eine lebendige Linie, lebendige Menschen, das war doch gar nicht schlecht. Irgendwie getröstet sah er auf die Uhr. Meriem kam nicht. Er dachte daran, sie anzurufen, ließ es sein. Wahrscheinlich tanzte sie hingegeben und vergaß für einen Abend ihre Patienten. Später schreckte er auf. Es war drei Uhr früh. Er war eingeschlafen. Besorgt wählte er ihre Nummer. Ließ es vergeblich klingeln. Er hinterließ eine Nachricht und ging ins Bett. Am frühen Morgen wachte er auf. Meriem war nicht gekommen. Er griff nach dem Telefon. Eine kurze Nachricht. Der Abend habe spät geendet und sie habe ihn nicht wecken wollen. Deshalb schlafe sie zu Hause. Ein langer Tag wartete auf ihn. Wegen Samias Besuch hatte er zwei wichtige Operationen verschoben. Er duschte, Safia brachte ihm den Kaffee, und er fuhr ins Krankenhaus. Der Tag verging wie im Flug, Morgensitzung, erster Eingriff, Mittagessen mit einem britischen Gastprofessor, mit dem er am Nachmittag unter Einsatz einer neuen Technik einen Tumor entfernte. Völlig erschöpft kam er um acht Uhr nach Hause. Er hatte Meriem tagsüber kurz getroffen. Sie hatte seinen Vorschlag abgelehnt, zu ihm zu kommen. Seufzend ging er unter die Dusche und zog sich um, bevor er zu ihr fuhr. Am liebsten wäre er zu Hause geblieben, ohne sich zu rühren. Er hatte das Gefühl, Samias Anwesenheit schwebe noch durch das Haus. Aber er fuhr zu Meriem, weil er es versprochen hatte.

Sie öffnete ihm die Tür, und er nahm sie in die Arme. Ein köstlicher Geruch erfüllte die Wohnung, sie hatte gekocht, und in dem kleinen Wohnzimmer war der Tisch gedeckt. Meriem wirkte erschöpft und angespannt. Sie hatte ein Festmahl bereitet, seine Lieblingsgerichte, aber ihr Blick war voller Zorn. Er saß ihr gegenüber und aß in Ruhe, er wusste, dass sie ihm böse war, weil er sie Samia nicht vorgestellt hatte. Er faltete seine Serviette zusammen und stützte die Ellbogen auf den Tisch: »Meriem, ich weiß, dass du verletzt bist, aber ich konnte dich nicht zu uns zum Essen einladen. Ich hatte nur drei Tage mit meiner Tochter, drei Tage für den Versuch, zu reparieren, was ich zerstört habe.« Sie antwortete nicht, die Stirn gerunzelt, die Augen funkelnd. Er versuchte es geduldig weiter: »Versteh mich, meine Liebste. Samia ist meine älteste Tochter, ich hatte immer eine besondere Beziehung zu ihr.« Er zögerte, dann fuhr er fort: »Es ging ihr nicht gut, als sie ankam, Liebeskummer ... Ich konnte dich nicht einfach so dazuholen, dazu hätte sie länger bleiben müssen. Nächstes Mal bestimmt.« Er wusste, dass er sie verletzt hatte. Er spürte, wie jung sie war. Die Auflehnung, die ihm entgegenschlug: Sie verlangte alles und bat um nichts. Ihre Ungeduld, die ihre Verletzlichkeit verriet, rührte ihn. Er half ihr beim Abräumen, dann legte er sich zwischen die lavendelduftenden Laken. Sie folgte ihm, und er drückte sie an sich, liebkoste ihr Haar einer griechischen Göttin. So schliefen sie ein, ohne ein Wort, allmählich beruhigt von der gemeinsamen Wärme und überwältigt von Müdigkeit.

In den folgenden Tagen suchte er die erforderlichen Dokumente zusammen, um die von seiner Frau verlangte Scheidung in die Wege zu leiten. Youssef, dem er von Médées Wunsch erzählte, schüttelte traurig den Kopf. »Was willst du danach machen? Meriem heiraten?« Ismaïl antwortete nicht sofort, erst später kam er darauf zurück und vertraute sich dem Jugendfreund an: »Mich quält der Gedanke an die Kinder, vor allem Adam. Aber auch Aya und Samia sind nicht bereit, mich wieder heiraten zu sehen. Ich muss mit ihnen sprechen, alle drei wissen, dass ihre Mutter die Scheidung will und dass sich danach die Frage nach Meriem und meinem Leben mit ihr stellt.« Youssef sah ihn düster an. »Dein Leben mit ihr? Und was ist mit ihrem Leben mit dir? Willst du noch Kinder? In deinem Alter? ... Ich weiß, dass du das nicht hören willst, aber wer soll es dir sagen, wenn nicht ich?« Ismaïl schwieg. Er wusste schon, was Youssef ungeschickt ausdrücken wollte, Samias Besuch hatte die dünne Blase der Leidenschaft platzen lassen und den Weg für den zweiten Teil einer Liebe geöffnet, die ihm so teuer war wie das Leben selbst.

In den Winkeln seiner persönlichsten Gefühle verbarg sich das stetig wachsende Bewusstsein von Meriems Jugend und vor allem von dem, was ihre Jugend für ihn bedeutete. Die Seligkeit der Lust, die Freude und Wärme, die er an ihrer Seite genoss, waren ihm umso kostbarer, als sie bedroht waren. Er war gleichzeitig der Damm und die Kluft angesichts einer für sie beide gefährlichen Umgebung. Seine Kriegerseele erhob sich gegen das Urteil seiner Schwestern, Freunde und Kollegen und verteidigte ihre Liebe, doch der Zorn und der Kummer seiner Kinder machten ihn verletzlich und wehrlos. Er hatte ihre Mutter so verlassen, wie er es konnte, hatte durchtrennt, was nicht mehr war, um leben und wachsen zu lassen, was sein sollte und konnte. Er hatte gedacht, sein Handeln würde sie alle von der Verstrickung in eine dauerhafte Lüge befreien, die durch das Doppelleben auf ihnen allen lastete. Er hatte gedacht, seine Kinder, alle drei erwachsen, würden schließlich seine Tat als einzig möglichen Ausweg nicht nur für ihn, sondern auch für Médée verstehen und akzeptieren. Er war nicht überrascht über die absolute Loyalität, mit der Adam seine Mutter schützte, und er litt zwar unter dem Graben, der sich zwischen ihnen aufgetan hatte, wusste aber, dass die Zeit wenigstens teilweise wiederherstellen würde, was beschädigt war. Doch in den letzten drei Tagen war ihm bewusst geworden, wie sehr Médées neues Leben seine unbewussten Berechnungen über den Haufen warf, obwohl es ihn zum Teil von der Last der Schuldgefühle befreite. Er hatte an sie gedacht, wie er sie immer gekannt hatte, in ihrem Haus, wie sie im Atelier auf dem Dach ihre Energie den Geschöpfen widmete, die ihre Phantasie bevölkerten und denen sie materielles Leben schenkte, aber im Grunde ein einsames, sesshaftes Leben führte, ein stabiles Familienleben für die Ihren, für Kinder und Enkelkinder, organisierte, in diesem Haus, in dem sie zusammengelebt hatten und das der Treffpunkt für alle bleiben würde. Dann hätte er sein neues Leben mit Meriem gelebt, ohne das Zentrum der Familie, ihre Verankerung in dieser Stadt zu zerstören, in der er sein Leben lang gewohnt hatte. Juans Einbruch in Médées Leben, die Entscheidung, die sie ihm zu verstehen gab, indem sie sich nach seiner Abkehr nicht in ihrem Haus niederließ, sondern woanders, fortan wechselnd zwischen dem Haus, das sie in Tanger gemietet hatte, Juans Haus in Spanien und seiner Pariser Wohnung, machte sie zur Nomadin, ohne jedoch die lebendige Beziehung zu ihren Kindern und Enkeln zu schwächen, die zu ihr kommen würden, um mit ihr alle Freuden, Feste, Etappen im Leben der einen und der anderen zu feiern. Die drei Kinder lebten außerhalb von Marokko, das war ihm nie so bewusst gewesen wie heute, in genau diesem Moment, da die Scheidung von ihrer Mutter und ihre Ablehnung, das Haus der Familie lebendig zu halten, die Gewissheit gefährdeten, dass die Bindung seiner Kinder und Enkel an ihr Heimatland keine Kindheitserinnerung, sondern eine lebendige, körperliche Bindung bleiben würde, ebenso, wie Houryas Verwurzelung in der Wohnung an der Place Pietri der Prüfstein für seine Zugehörigkeit zu dieser Stadt war, die durch Brahims Verschwinden einen harten Bruch erfahren hatte. Seine Selbstwahrnehmung war plötzlich bedroht, und die fernere Zukunft, der er jetzt nicht mehr ohne Furcht entgegensah, schien ihm der direkten Bindung beraubt, die er mit seinen Kindern und Enkeln unterhielt. Médées Anwesenheit an seiner Seite, der stabile Sockel, den sie zusammen für die Familie darstellten, hätte sicher früher oder später die Rückkehr der Kinder begünstigt, trotz ihrer Gewöhnung an das bewegte Leben in Europa, den Komfort und die Freiheit, die ihnen eine weniger hart von Armut betroffene Gesellschaft bot. Adam unterrichtete im Rahmen eines Austauschprogramms mit einem Forschungsinstitut für Sozialwissenschaften alle vier Monate in Rabat, war also bis zur Trennung regelmäßig zu seinen Eltern gekommen. Inzwischen hatte er sich eine Wohnung in der Stadt gemietet, und sein Vater erfuhr nicht, wenn er in der Stadt war. Ismaïl hatte beschlossen, den Zorn seines Sohnes hinzunehmen. Wenn Adam hinsichtlich der Situation seiner Mutter erst einmal beruhigt war, würde der Dialog wieder möglich werden. Er hoffte jetzt, dass die Kinder Meriem an seiner Seite eher akzeptieren würden, wenn die Scheidung erst ausgesprochen war. Aber wie sollte er dieses von den Erinnerungen und dem Lachen ihrer Kindheit, den Festen und dem ersten Kummer erfüllte Haus ohne Médée am Leben erhalten? Er konnte sich nicht vorstellen, dass Meriem hier mit ihm leben würde.

Irgendwie hatte Médée ihn an diesen Ort gekettet, den er beherzt hatte verlassen wollen, um woanders ein neues Leben zu beginnen und seiner Familie dennoch Kontinuität zu garantieren. Solche Gedanken, die er bis dahin unterdrückt hatte, quälten ihn seit Samias Abreise. Mit Meriem konnte er nicht darüber sprechen, ohne sie zu verstören, hatte sie ihm doch gerade ein gewaltiges Opfer gebracht, indem sie das Angebot eines zweijährigen Aufenthalts am New York Hospital ausgeschlagen hatte. Diese Ablehnung verlangte von ihm einen mindestens ebenso großen Einsatz. Ihm war klar, wie legitim oder wenigstens teilweise berechtigt ihr Ärger war, dass er sie nicht eingeladen hatte, Samia mit ihm zu empfangen. Sie hatte nie den Wunsch geäußert, plötzlich im Rampenlicht zu stehen, doch als er allein beschlossen hatte, Médée im Flughafen zu verlassen und seine Kinder aufzufordern, zu ihrer Mutter zu kommen und sie in der ersten Zeit nach seiner endgültigen Abkehr zu begleiten, hatte sie es akzeptiert. Im neuen Verständnis ihrer Geschichte wurde er unsicher, als hätte er geglaubt, der Frau, die er liebt, das Geschenk zu machen, das sie begehrt, um am Ende festzustellen, dass sie es nie begehrt hat und dass es für sie unerwartete Zwänge birgt und einem Verlangen zuvorkommt, das zu empfinden sie weder Zeit noch Lust hatte. Die Entscheidung, mit seinem früheren Leben zu brechen, hatte sich ihm in vielen schlaflosen Nächten aufgedrängt, in denen er sich die Folgen der Explosion, die seine Entscheidung für sie alle auslösen würde, wieder und wieder ausgemalt hatte. Jetzt erkannte er nicht ohne Bitterkeit, dass er es versäumt hatte, sich vorzustellen, was der Schock in Médée auslösen würde. Er hielt sie für erstarrt in dem, was er als ihr Wesen wahrnahm, er hatte die Trennung ausgehend von dem organisiert, was er nach mehr als dreißig gemeinsamen Jahren von ihr wusste. Doch nun entdeckte er die Frau, die die Bruchstücke ihres Lebens in die Hand nahm und ihnen mit scheinbarer Leichtigkeit eine neue, mindestens ebenso stimmige Einheit gab wie die an seiner Seite geschaffene; sie war seinen Gewohnheiten so fremd, dass ihm schien, er habe sie nicht gekannt. Sie entzog sich den Bestimmungen, die sie in seinen Augen geprägt hatten, und machte ihm damit auch ihre Kinder unzugänglich, wenn nicht gar fremd, so eng und mächtig war deren Verbindung zur Mutter. Wie hatte er die geschmeidige Intelligenz seiner Frau so unterschätzen können, ihre Schöpferkraft, die nun außerhalb ihres Ateliers auf dem Dach gefragt war und sich im Leben selbst mit einer Kraft kundtat, von der er nichts geahnt hatte? Musste er nun ihre ganze Beziehung im Licht von Médées erstaunlicher Resilienz neu betrachten? Sein Abenteuer mit Meriem hatte ihm gezeigt, dass die Selbstbeherrschung, die er ins Zentrum seines Daseins gestellt hatte, dass Kontinuität und Entschlossenheit nur dünne Schutzwälle gegen das Begehren und seine Freiheit waren, gegen das Auftauchen einer unbekannten Lebenslust, die sich niemals zuvor geäußert hatte und von der er nicht einmal wusste, dass sie existierte. Er hatte die Verwandlung in seinem Körper und seinem Geist erlebt, hatte die Schwäche seines Willens gegen den Ruf erfahren, der in ihm laut und stärker wurde als alles, was er geschaffen, geglaubt, erhofft, gelebt hatte. Ungläubig und machtlos betrachtete er die Frau mit dem Geheimnis im verschlossenen Gesicht, ihren anrührenden Körper mit den etwas zu breiten Hüften, den schmalen Schultern, den weißen runden Armen, der zarten Haut, und er verstand nicht, was ihn an ihr so sehr mit dem Gefühl erfüllte, im pulsierenden Zentrum seines Lebens zu stehen. Beim ersten Mal hatte er geglaubt, einer Lust nachzugeben, die sich in die Ordnung einfügen würde, hatte er verwirrt die Grenzen seiner Loyalität als Ehemann wahrgenommen, dennoch überzeugt, seine Frau und seine Familie zu bewahren, entschlossen, nach der ersten Schwäche diesen einzigen Riss in einem langen und glücklichen Eheleben zu schließen. Gewiss war das Kalkül, dass die erste Umarmung mit Meriem auch die letzte sein würde, nicht weit von den sehr bürgerlich-vernünftigen Bemerkungen entfernt, die Youssef seit seiner Abkehr von Médée nicht zurückhalten konnte.

An jenem Abend war er besorgt nach Hause gekommen, überzeugt, dass seine Frau auf den ersten Blick das Schuldgefühl in seinem Gesicht lesen würde, als wären sein Körper und seine Augen unauslöschlich tätowiert. Dann hatte er erleichtert festgestellt, dass sein Fehltritt unsichtbar war, er trug also kein Stigma, kein offenkundiges Zeichen des Verrats? Er hatte Médée einen flüchtigen Kuss auf die Stirn gegeben und war ins Badezimmer gegangen. Dort hatte er im Spiegel den Mann betrachtet, der seine Frau belog, er fand keine Veränderung in dem Gesicht mit den breiten Augen, der geraden Nase, dem üppigen Haar, den beiden Furchen in seiner Stirn, aber er entdeckte in seinem Blick einen Funken der Freude, wie ein Feuer in der Ferne, dessen Flammen auf seine Haut strahlten, ein inneres Glühen, das ein für ihn allein wahrnehmbares Licht hinterließ. Er wusch sich ausgiebig, genoss die Vitalität seines Körpers, in einem früheren Leben war er Kapitän einer Fußballmannschaft der zweiten Liga gewesen. Als er herauskam, erwartete ihn Médée im Schlafzimmer, und seine Sicherheit war dahin. Sie hatte es auf den ersten Blick verstanden, er stellte sich auf den Kampf ein, aber sie kündigte ihm nur an, dass sie gern für ein paar Tage zu Adam nach Paris fahren würde, der eine Reihe von Vorträgen hielt, die sie gern hören wolle; außerdem müsse sie eine Ausstellung ihrer jüngsten Werke organisieren, sie war von einem bekannten Galeristen angefragt worden, sozusagen das Vorzimmer des Palais de Tokyo, hatte man ihr versichert. Er hatte sofort begeistert zugestimmt, und sie hatte ihn zärtlich angeschaut. Drei Tage später fuhr sie für eine Woche nach Paris.

Während dieser Abwesenheit traf er Meriem eines Abends auf dem Krankenhausparkplatz. In wortlosem Einverständnis folgte er ihr, betrat zum ersten Mal ihre Wohnung, die noch die frühere Studentin erkennen ließ, das mit Baumwollstoff bedeckte Sofa, die bunten Kissen überall, der niedrige Tisch, auf dem sich Medizinzeitschriften und Bücher türmten, gestickte Wandteppiche, Überreste des einstigen Glanzes der Häuser von Salé, und das kleine Schlafzimmer, in dem sie auf das große Bett fielen. In dieser Woche kam er jeden Abend, darauf bedacht, rechtzeitig zu Hause zu sein, um nicht Safias Misstrauen zu wecken, deren strenge Aufmerksamkeit die Auswirkungen von Médées Abwesenheit mildern sollten. Er war wie ein Mann, der die Straße entlangrast und überzeugt ist, nicht vom Geschwindigkeitsrausch erfasst zu sein, sondern jeden Moment am Straßenrand anhalten zu können. Wie benommen sah er dem Wiedersehen mit seiner Frau entgegen, er holte sie am Flughafen ab. Und wie jedes Mal, wenn er sie nach einer Trennung wiedersah, war er überwältigt von Médées erstaunlicher Schönheit, die ihr nicht bewusst zu sein schien, sie aber aus der Menge heraushob, die in die Eingangshalle strömte. Er sah sie näherkommen, seine ewige Liebe, leuchtend und zeitlos, und wurde von Zärtlichkeit übermannt, er nahm ihr die Tasche ab, und sie gingen eng umschlungen zum Auto. Auf der Fahrt erzählte sie ihm begeistert von Adams Vorträgen, teilte mit ihm die Arbeit ihres Sohnes, und er war voller Dankbarkeit für eine gesegnete Familie, seine loyale, talentierte Ehefrau und ihre drei wunderbaren Kinder, ihre ersten Enkel. Er musste sie alle vor dieser Geschichte ohne Zukunft schützen, eine reine Verrücktheit, sagte er sich, die am nächsten Tag enden würde, Meriem würde es verstehen.

Und sie verstand es wirklich, ohne den Schatten eines Zweifels, gab diesen Beginn einer Idylle auf, sobald er das mögliche Leid der Seinen erwähnte. »Reden wir nicht mehr darüber«, antwortete sie, »schon vergessen.« Er hatte tief Luft geholt, erleichtert und zugleich irgendwie enttäuscht. Er hatte mit Widerstand gerechnet, mit Verzweiflung, deshalb stellte Meriems Gelassenheit infrage, was diese Momente der Hingabe gewesen waren, in denen er das Gefühl einer ganz besonderen Bindung gehabt hatte, die zwischen ihnen entstanden war. Sie hatte mit geradezu ärgerlicher Heiterkeit geantwortet; zu Hause und unbestreitbar befreit, dachte er daran, wie sie nach einer gemeinsam durchgeführten Operation, vier Stunden im OP mit einer außerordentlichen Intuition für die Handgriffe und Gedanken des anderen, im Aufenthaltsraum nur für Ärzte gestanden hatten. Sie hatte in beachtlichem Tempo Kittel, Handschuhe und Maske ausgezogen, während sie mit einem Kollegen scherzte, er hatte sie aus dem Augenwinkel beobachtet, trotz seiner Entschlossenheit, sie eine Zeitlang zu ignorieren, um die belastenden Erinnerungen an ihre Intimität wegzuschieben, er hatte erlebt, wie sie vor dem kleinen Spiegel über dem Waschbecken ihre Haare aufbauschte, bevor sie sich dem jungen Arzt zuwandte, der offensichtlich auf sie wartete. Er hatte sie fröhlich plaudernd zusammen weggehen sehen und tiefen Groll verspürt, was umso unverständlicher war, als er ihr ehrlich dankbar war, ihren Bruch so einfach und leicht gemacht zu haben. Deshalb wunderte er sich, dass er bei dem Essen, zu dem sie am selben Abend zwei befreundete Paare eingeladen hatten, wieder an Meriem dachte und vor allem an die Notwendigkeit, ihr eine kleine Dankesnachricht zu schicken, ihr zu verstehen zu geben, dass er ihre verständnisvolle Haltung zu schätzen wusste, aber auch, dass er kein Rüpel war – so rechtfertigte er zumindest in seinen Augen den kurzen Text, abgeschickt zwischen Hauptgericht und Himbeertarte, die Médée als Abschluss eines leckeren und leichten Essens auf den Tisch stellte, das die Gäste in eine Euphorie versetzt hatte, in der sie das lebhafte Gespräch bis nach Mitternacht fortsetzten. Er seufzte erleichtert, als sie endlich aufstanden und sich wunderten, wie spät es war, »Ein wunderbarer Abend, wir haben gar nicht gemerkt, wie die Zeit vergeht«, in Gedanken bei der ausbleibenden Antwort auf seine Nachricht; sobald die Haustür geschlossen war, schaute er auf sein Smartphone, in der konfusen Hoffnung auf ein Zeichen, dass sie die Aufmerksamkeit zu schätzen wusste, die er ihr entgegenbrachte, obwohl ihre Beziehung beendet war. Aber sie hatte nicht geantwortet, entweder hatte sie seine kurze Nachricht nicht gelesen, oder hatte sie gelesen, es aber nicht für nötig befunden, ihm erneut zu schreiben. Das überlegte er, während er neben seiner Frau lag, und plötzlich tauchte eine Frage auf, die er eiligst unterdrückte, ohne dass sie jedoch ganz verschwand: Hatte Meriem den Abend mit dem jungen Arzt verbracht, der ebenfalls begabt war und kaum älter als sie?

Am nächsten Morgen kam er sehr früh ins Krankenhaus und fand sie bereits in dem Aufenthaltsraum, wo die Ärzte Kaffee tranken und sich zwischen zwei Visiten bei ihren Kranken oder nach einer OP ausruhten. Sie war in eine Krankenakte vertieft und ihr Gesicht leuchtete auf, als sie ihn sah, aber nach einem kurzen Nicken schien sie wieder in die Lektüre der Krankenblätter versunken, die vor ihr lagen. »Ein Problem?«, fragte er, um das Schweigen zu brechen. Sie sah ihn überrascht an: »Nein, alles in Ordnung«, dann beendete sie die Durchsicht der dünnen Akte, schob die Seiten mit einer exakten Bewegung zusammen, stand auf und verließ mit einem freundlichen Gruß den Raum. Er hatte einen anstrengenden Vormittag, aber seine Laune wurde trotz der entspannten Atmosphäre und den unvermeidlichen Scherzen der Ärzte nicht besser. Ein hartnäckiger Schatten schien seinen Tag zu verdunkeln, er weigerte sich, in die widersprüchlichen Gefühle einzutauchen, verlangte übertriebene Ernsthaftigkeit und kritisierte seine Assistenten ohne Erbarmen. Zu Hause fand er Médée in ihrem Atelier, sie sollte im März in Paris ausstellen, und ihr blieb nicht viel Zeit, um die Werke zu vollenden, die sie verschicken musste. Trotzdem unterbrach sie die Arbeit, und sie beschlossen, zusammen ins Kino zu gehen. Nach der Vorstellung schlug sie ihm vor, bei ihrem Lieblingschinesen zu essen. So verbrachte er einen fröhlichen Abend, auf dem Rückweg legte er dankbar den Arm um seine Frau und spürte das zärtliche Band, das sie einte. Für ein paar Wochen fand er sein Leben wieder und das Gefühl des Verlustes, das die Trennung von Meriem begleitet hatte, verschwand ganz und gar. Er hätte später nicht erklären können, warum sie sich am späten Nachmittag eines Dezembertags, als sie gerade einen beginnenden Tumor aus dem Schädel eines Patienten entfernt hatten, von plötzlicher Dringlichkeit gepackt ihrer Kittel und Handschuhe entledigten und ohne ein Wort vor der Tür von Meriems Wohnung wiederfanden, aneinandergepresst und außerstande, auf das zu verzichten, was dann geschah. Das war der Wendepunkt ihrer Geschichte, zumindest erklärte er es sich viel später so, als er zu begreifen suchte, was ihm passiert war, jedoch im Bewusstsein, dass eine Chronologie ihrer Beziehung, so exakt sie auch wäre, nicht das unbändige Verlangen beschreiben könnte, das von diesem Tag an sein altes Leben vollkommen zerstört hatte.

Immer tiefer versank er in der unmöglich zu kontrollierenden Leidenschaft, die innerhalb weniger Monate Jahrzehnte loyaler Liebe aufhob. Er quälte sich mit Schuldgefühlen, die den Zerfallsprozess der Bindung an seine Frau begleiteten, in manchen Nächten schien sich ein Schraubstock um seine Lungen zu schließen, er fuhr aus dem Schlaf auf und suchte Médées beruhigende Hand auf seiner Stirn. Sie beschwichtigte ihn mit ihrer sanften Stimme, und er versank wie ein Ertrinkender erneut in einen Schlaf voller Tücken. Auf kurze Momente der Beruhigung folgten wilde innere Stürme, ihn packte die Furcht vor dem Rückzug von Meriem, deren Leidenschaft von Perioden beunruhigender Neutralität ihm gegenüber unterbrochen wurde, zumindest nahm er es so war, als reichte die Verschmelzung, die er zwischen ihren Körpern erlebte – und diese Verschmelzung war beidseitig, dessen war er sich gewiss –, nicht aus, um die innerste Zurückhaltung zu überwinden, die aus ihrer Haltung sprach; sicher versuchte sie eine Distanz zu wahren, die sie vor seinem anderen Leben schützte, das er im Haus der Familie mit seiner Frau führte, doch viel gefährlicher war ihr Umgang im Krankenhaus, denn ihre Beziehung konnte all ihr Bemühen zunichtemachen, durch herausragende Leistung erfolgreich zu sein. Was er als Rückzug interpretierte, trug dazu bei, die grausame und unumkehrbare Abkehr von seiner Frau im Flughafen während einer gemeinsam begonnenen Reise zu planen, die Notwendigkeit dieser Entscheidung drängte sich als einziger Weg auf, Zerrissenheit, Ängsten und düsteren Vorahnungen ein Ende zu bereiten, die sein Leben schwer beeinträchtigten und die Altersliebe in Gefahr brachten, die er mit Meriem entdeckte und die ihn so tief erschütterte, dass er aufhörte, dagegen anzukämpfen.

Nun, da die Scheidung real wurde, überschwemmten ihn die Bilder seines Lebens mit Médée, aber Meriems Anwesenheit hinderte ihn daran, sich ihnen hinzugeben, sie erinnerte ihn an die Notwendigkeit, sich vollends zu befreien, um die Geliebte endgültig ins Zentrum seines Lebens zu stellen. Jetzt sah er ganz deutlich – so erklärte er es sich in diesem Moment, wie ein Kind, das die Lösung für ein scheinbar unlösbares Problem gefunden hatte –, dass seine Hochzeit mit Meriem auf einen Schlag die konfuse Situation klären würde, in der er sich gegenüber seinen Kindern befand. Youssef rief ihn am Nachmittag an, um ihm mitzuteilen, dass er die nötigen Dokumente für die offizielle Trennung am nächsten Tag erhalten werde. Am selben Abend aß er mit Meriem in einem kleinen Restaurant ganz nah ihrer Wohnung und kündigte ihr seine baldige Scheidung an. Sie sagte nichts. In der Sorge um Aufrichtigkeit gab er zu, dass er zwar daran gedacht hatte, aber erleichtert war, dass der Wunsch von Médée kam. »Das ist einfacher gegenüber den Kindern, verstehst du?«

Natürlich verstand sie, das bestätigte sie mit einem Nicken, aber ihre Augen wurden feucht, und auch ihn überwältigten die Gefühle. Sie sagte nichts, ihr Schweigen dröhnte in der lebhaften Atmosphäre des Lokals, und erst am Ende der Mahlzeit offenbarte sie ihre Bedrängnis: »Das habe ich alles nicht gewollt.« Er verstand es zunächst als Anteilnahme angesichts der Zerstörung seines anderen Lebens, das ihm lange so wichtig gewesen war, und vielleicht als subtiles Schuldgeständnis. Erst später erfasste er, was sie ihm hatte sagen wollen, dass diese Geschichte für sie anfänglich nicht so gewesen war wie für ihn, dass sie in keinem Moment vorhergesehen oder sich gewünscht hatte, was dann geschah, und dass diese Liebe, vielleicht gestand sie es sich selbst noch nicht ein, schwer wie ein Königinnenmantel auf ihren Schultern lag, sie einengte und die Vielfalt der Möglichkeiten einschränkte. Manchmal schaute sie ihn an, und in ihren Augen stand Ungläubigkeit, sollte dieser Mann, der schon woanders eine Familie, eine Karriere geschaffen hatte, für sie die endgültige Perspektive sein? Sie stellte sich ihr Leben ohne ihn vor, schwankte zwischen dem Schmerz des Verlustes und dem Rausch der Befreiung. Wenn sie die Kranken besuchte oder die wissenden Blicke einiger Kollegen kreuzte, fühlte sie sich oft eingesperrt, ihre Geschichte, die im Krankenhaus für Gerede sorgte, seit Ismaïls Kollegen, weiß der Himmel wie, erfahren hatten, dass seine Frau nicht zurückkommen würde, war für alle zum gemeinsamen Nenner geworden, um sie zu charakterisieren, sie, Meriem, deren ganzes Dasein als junge Erwachsene von dem Wunsch bestimmt gewesen war, in ihrem Beruf zu glänzen, *unabhängig und stark* zu leben, das waren die letzten Worte ihrer Mutter gewesen, ehe sie starb. Meriem war mit den Parolen des radikalen Feminismus großgeworden, die sich ihre Mutter als Journalistin zu eigen gemacht hatte. Sie hatte Ismaïl von der Sechsjährigen erzählt, die von ihrer Mutter zu Versammlungen linker Parteien mitgenommen wurde, wo die Frauen mit Bitterkeit erfuhren, dass ihre Kampfgefährten bewusst oder unbewusst Vorbehalte dagegen vorbrachten, die Rechte der Frauen ins Zentrum ihrer Forderungen zu stellen, und ihnen versicherten, wenn das allgemeine Ziel des sozialen Fortschritts erreicht sei, würden ihre Forderungen ganz von selbst erfüllt werden. Ihre Mutter hatte in einem schmerzhaften Prozess die Phallokratie durchschaut, die unlösbar mit der Entstehung politischer Organisationen verbunden war, und Meriem hatte als Heranwachsende die Geburt der autonomen Bewegungen der Feministinnen erlebt, denen sich ihre Mutter und ihre Tanten begeistert anschlossen. Sie beschrieb ihren Vater als sanften und zurückhaltenden Mann; der überzeugte Sozialist ermutigte und begleitete seine Frau in ihren Kämpfen für die Emanzipation. Meriem erfüllte ein tiefes Verlangen nach Unabhängigkeit – und sicher wurzelte Ismaïls Faszination für sie in der Gewissheit, dass ihre innere Freiheit jede Besitzergreifung unmöglich machte, und wäre es auch im Namen der Liebe –, ein radikales Bewusstsein von Gleichheit, das weder seine Schwestern noch Médée so kraftvoll empfunden hatten. Sie achteten, sicher unbewusst, darauf, die Plätze, die den einen und den anderen zustanden, nicht grundsätzlich infrage zu stellen, und handelten mit feinem Verständnis die Vorrechte aus, die die traditionelle Ordnung bewahrten und ihnen auch den relativen Schutz sicherten, den diese Ordnung für sie bedeutete. Und dennoch, das wurde ihm im Nachhinein bewusst, hatte seine Frau ein Werk erschaffen, das mit seiner Freiheit und Universalität über Grenzen und identitäre Zuschreibungen hinweg bekanntgeworden war. Er begriff, dass er nur mit seiner partiellen Blindheit hatte übersehen können, wie sich Médée systematisch und geduldig ein Territorium erschuf und festigte, in dem sie ihre Freiheit zu sein und zu erschaffen von allen Bindungen befreite, die dazu bestimmt waren, ihre Familie mit Leben zu erfüllen.

Der Auftritt vor dem Familiengericht wenige Wochen später war für Ismaïl nicht sehr angenehm. Er begegnete dort Médée, die er seit seiner Abkehr zum ersten Mal wiedersah. Sie kam allein, und wieder einmal traf ihn ihre vertraute und ferne Schönheit wie ein Schlag, nun, da sie ihre lange Beziehung beendete. Sie war schlanker als in seiner Erinnerung, leicht gebräunt, ihr Schritt geschmeidig, dezent in eine khakifarbene Hose und eine elfenbeinweiße Bluse gekleidet, ihr rechtes Handgelenk umschloss ein Goldreif, den er nicht kannte. Sie grüßte ihn höflich, wie einen Fremden, dem man schon einmal begegnet ist und den man erstaunt an einem Ort wiedersieht, wo man ihn nicht erwartet hat. Ihre Kälte verletzte ihn, als hätte er ein Zeichen des Wiedererkennens, eine Nähe zwischen ihnen erhofft, die sein Verrat nicht zerstört hätte. Er setzte sich ebenso schnell wie er aufgesprungen war, als er sie gesehen hatte. Sie blieb stehen, lehnte reglos an der Wand, inmitten all der Familien, die im Flur warteten oder auf den Bänken saßen. Das durch die hohen Fenster hereinkommende Licht des Frühlingsmorgens ließ die Staubkörner tanzen, es war warm, eine unpassende Milde zog durch das nüchterne Gebäude, in dem sich Familiendramen abspielten. Sie warteten zusammen, dass sich die Tür zum Büro des Richters öffnete, um sie einzulassen. Ismaïl beobachtete sie verstohlen wie ein Kind, fürchtete, ihren Blick zu treffen. Aber sie war ganz woanders, ihre violetten Pupillen wanderten über die Paare, die dicht beieinander oder mit großem Abstand dasaßen und wie sie der Befragung entgegensahen, die den Trennungswunsch von mindestens einem von ihnen erfüllen würde oder nicht. Genau in diesem Moment, als er sie so wiedersah, zwar distanziert, aber sichtlich betroffen – wie sonst ließ sich der Abstand erklären, den sie bewusst zwischen ihnen bewahrte –, begriff er, dass sie ihm die brutale Zerstörung eines ganzen Lebens ohne jedes Gespräch, ohne jeden Versuch einer Lösung nicht verzeihen würde. Doch noch tiefer spürte er ihre instinktive Furcht, er könnte näherkommen. Die Brutalität seiner Abkehr hatte ihre ganze Vergangenheit vernichtet. Asche, es gab nur noch die Asche ihres gemeinsamen Lebens, verbrannt auf dem Scheiterhaufen des Begehrens, dessen Ende er vorherahnte. Er hätte gern leise mit ihr gesprochen, ihr von seiner Einsamkeit ohne sie erzählt, von seinem Schmerz über Adams Distanziertheit, dem Glück, das sie ihm geschenkt hatte, wie kostbar ihm die verlorene Vergangenheit war, Houryas Lächeln, als sie sie zum ersten Mal getroffen und das zurückhaltende Mädchen in ihr Herz aufgenommen hatte, das ihr Sohn so offenkundig liebte, die Geburt ihrer drei Kinder, die erfüllte Selbstverständlichkeit ihres Zusammenlebens, so anders als das, was er mit Meriem erlebte und was sein Herz quälte, seit er den Ordner mit dem blauen Rand auf dem Tischchen gesehen hatte. Sie hätte ihn verstanden und seine neue Furcht gemildert, eines Tages zu alt zu sein für die junge Frau, von der heute sein bohrendes Gefühl abhing, lebendig zu sein.

Doch die Frau, die vor ihm stand, war eine Überlebende; um nicht an der Wunde zu sterben, die er ihr zugefügt hatte, hatte sie endgültig alle Fäden durchtrennt, die sie mit der Vergangenheit verbanden. Er betrachtete die Flickerin, die mit dem Stein geduldig wiederherstellte, was nicht mehr ist, und die seine Brutalität in eine Frau verwandelt hatte, die nun selbst zerschnitt, was nicht mehr sein konnte. Sie betraten das Büro des Richters, der eine Frist von zwei Monaten festlegte – zwei Monate zum Überlegen, präzisierte er, bevor die Scheidung endgültig sei. Als sie aus dem Gericht kamen, deutete er eine Bewegung an, um seine Frau zu berühren, sie wich zurück wie Adam auf der Straße in Paris. Er verkörperte für sie alle, und wie konnte es anders sein, die allergrößte Gefahr.

Unser beengender Glanz

Als sein Vater verschwand, hatte er die Verengung der Stadt um seine Familie als schicksalhaft empfunden, verbunden mit dem Schmerz des Verlustes, aber auch dem Gefühl der Unsicherheit, die für eine gewisse Zeit das Gebiet einschränkte, in dem er sich bewegte. Er ging nicht mehr an den Mauern entlang, die den Königspalast umschlossen, ohne dass eine Wut in ihm aufstieg, die sich nicht äußern durfte, unterdrückt von der Furcht vor der dunklen Macht, die ihr Leben wie einen Strohhalm zu zerbrechen vermochte. Die Verletzlichkeit seiner Mutter war für sein Kinderherz einzig die Folge der unergründlichen Entscheidung jener Macht, Brahim als gefährlich genug anzusehen, um ihn kurzerhand seiner Familie zu rauben und in ein Gefängnis zu sperren, wo ihn der Tod erwartete. Seine Kindheit war von dem Gefühl geprägt, dass es unter der harmonischen und strahlenden Stadt eine andere gab, die unter ihren Füßen lauerte wie ein Ghul, jenes Fabelwesen, das die Menschen verschlang und vernichtete. Er sah mit Hourya die Nachrichten, sie sagte »Telejournal«, und hasste aus tiefstem Herzen den kleinen affektierten und mächtigen Mann, der unter den im Wind knallenden Fahnen zu den Wehrpflichtigen sprach, bevor sie beim Klang der Fanfare zu einem Marsch in die Wüste aufbrachen. Er war schuld an den bläulichen Ringen unter Houryas Augen, die Ismaïl beunruhigten, er ballte die Kinderfäuste und träumte von seiner künftigen riesigen Macht, mit der er denen entgegentreten würde, die das Verschwinden seines Vaters veranlasst hatten. Als das Studium, die Anwendung der Medizin, die Macht zu heilen und die zunehmende Beherrschung der Handgriffe der Chirurgie ihm seine Kraft vor Augen führten, war das Gefühl unendlicher Schwäche und Ohnmacht allmählich geschwunden. Er war zu einem Mann herangewachsen, der Médée erobert und mit ihr ein Leben entdeckt hatte, wie er es sich in der Wohnung an der Place Pietri nie vorgestellt hatte. Jede Etappe ihrer Ehe hatte die Vereinsamung nach Brahims Verschwinden weiter in den Hintergrund gedrängt. Médée hatte einen Schutzwall gegen seine Verlorenheit als Kind errichtet, gemeinsam hatten sie ihre Familie und ihr Haus zum Anker für die Seinen gemacht.

Als er aus dem Gericht kam, ging er am Fluss entlang und Panik erfüllte ihn. Er hatte wieder den Boden unter den Füßen verloren, die Stadt war wieder so feindselig wie einst. Meriem war zu jung, dieser Gedanke durchfuhr ihn mit erschreckender Klarheit. Alles war zu spät für sie beide. Er bog ab, um den Weg zum Friedhof zu nehmen, machte aber wieder kehrt. Hourya hatte Médée geliebt, sie hatte die Familienessen genossen, die seine Frau regelmäßig ausrichtete und zu denen seine Mutter und seine Schwestern kamen, aber auch Lilia und Sadreddine, manchmal sogar Naïm und Faïza aus Tanger. Sie empfing die Zärtlichkeit ihrer Enkel wie die Krönung des Glücks, war ihrer

Schwiegertochter dankbar, nicht ihre Wunden zu teilen, aus einer anderen, geschützten Welt zu kommen; Médée hatte nie die Gewalt erfahren, die Hourya immer noch in ihren einsamen Nächten erzittern ließ und die ihr Leben zu einer langen Prüfung des Widerstehens gemacht hatte. Nun war er an den Ausgangspunkt zurückgekehrt, schlimmer noch, das Zurückweichen seiner Frau, die Neutralität ihres Auftretens im Gericht als Schutzschild gegen ihn konfrontierte ihn mit seiner Brutalität, vergleichbar mit der, die ihm als Kind den Boden unter den Füßen weggezogen hatte. Worin unterschied er sich von Houryas Henker? Er hatte die Seinen seiner Lust geopfert, in dem wahnsinnigen Glauben – das entdeckte er fassungslos, als wäre der Bann mit einem Mal gebrochen –, dieses Opfer werde ihn ewig leben lassen. Er ging zum Krankenhaus, und als er den Kittel für einen Besuch bei seinen Patienten anzog, kam er ein wenig zur Ruhe. Aber am Ende des Rundgangs fühlte er sich schwach und leer. Es hatte sich angefühlt, als richteten sich ihre Blicke voller Respekt und Dankbarkeit an einen anderen als ihn, er war versucht gewesen, sich umzudrehen, um sich zu vergewissern, dass in den Krankenzimmern, deren Insassen irgendwann ebenfalls an ihre Lebenskraft geglaubt hatten, nicht ein anderer Arzt stand, der ihre Wertschätzung mehr verdiente. Er traf sich mit Meriem, von der Gewissheit seiner Unwürdigkeit erfüllt, und kämpfte den ganzen Abend gegen die Versuchung, sich ihr zu offenbaren.

Hatte ihre bis dahin so lebendige Beziehung in diesem Moment angefangen, Risse zu bekommen, weil ihm bewusst wurde, dass Meriems Liebe seine innere Auflösung nicht überleben würde und ihn deshalb dazu verdammte, für immer die Maske der Gewissheit und der Unfehlbarkeit zu tragen? Was konnte er ihr auch anbieten außer der Illusion seiner Kraft und seiner Erfahrung, während er nun gegen die Brandung seiner Vergangenheit kämpfen musste, eine unbändige Flut, die ihn ständig zu einem Ufer stieß, an dem er nicht anlegen wollte, von dem er den Blick abwandte, während er gegen die Strömung des Lebens selbst kämpfte, um mit der Anstrengung eines Titanen dem Fluss der Zeit zu widerstehen? So erkannte er in dem Moment, da er dem endgültigen Verlust seiner Familie ins Auge sehen musste – im Gericht hatte er begriffen, dass es illusorisch war, sich die Vergebung seiner Frau vorzustellen, als könnte Juans Anwesenheit an ihrer Seite, weil sie die Folgen seiner Tat milderte, eine Nachsicht wecken, die seine Schuld erleichterte und ihn Vergebung erhoffen ließe –, wie zerbrechlich seine Beziehung zu Meriem war. Kaum war diese Einsicht geboren, streckte sie ihre Tentakel aus und erstickte seine Lust, die er als Wiedergeburt erlebt hatte. Youssef war ihm keine große Hilfe, er hatte mit einer Klarsichtigkeit, auf die er keineswegs stolz war, von Anfang an das Scheitern dieser Geschichte vorhergesagt. Also ging er allein und tastend voran, sagte nichts, was Meriem hätte erkennen lassen, für wie bedroht er ihre Beziehung hielt. Es war eine Qual, seine Einsicht führte ihm pausenlos winzige Kleinigkeiten vor Augen, die zeigten, wie sehr das, was sie trennte, die fünfundzwanzig Jahre, die bisher für ihn nicht gezählt hatten, seine Wahrnehmung prägten. Meriems Lebendigkeit, ihre dynamische

Energie waren für ihn nicht mehr Ausdruck ihres Temperaments, sondern die Realität der Jugend, ihr Lachen, das wie ein Glockenspiel klang, zeugte von ihrem naiven Glauben in eine offene Zukunft, ihre sinnliche Glut traf ihn wie eine Warnung. Er beobachtete sich selbst mit krankhafter Aufmerksamkeit, überwachte sein Gewicht, lauerte auf Zeichen seines Niedergangs. Aber nichts geschah, er bewegte sich weiter mit elastischem Schritt, die Jahre eines harmonischen Lebens an Médées Seite trugen Früchte, er fühlte sich stark wie ein Jüngling und spürte doch, dass er es nicht mehr war. Was sich änderte, war sein neues Bewusstsein der Zeit, eine geschärfte Aufmerksamkeit für alle gemeinsamen Momente, alle Freuden, die er mit dem Gefühl seiner eigenen Endlichkeit genoss. Das Paradox, das Ismaïl erlebte und das eigentlich ganz normal war, ihn jedoch härter traf, als er es erwartet hätte, bestand darin, dass er in dem Moment, da er die begehrte Freiheit gewann, feststellte, dass sie ihm nichts von dem erlaubte, was er sich vorgestellt hatte. Diese Unmöglichkeit war nicht die Folge einer weniger intensiven oder weniger erwiderten Liebe zwischen Meriem und ihm. Die Zärtlichkeit, die sie ihm bekundete, ließ nicht nach, doch er entdeckte durch seine übersteigerte Wachsamkeit fast widerwillig alles, was sie trennte. Einmal aßen sie mit Youssef zu Abend. Er war verblüfft, wie viele Themen sie stillschweigend ausklammerten, was den Abend belastete, weil er voller Fallen erschien. Sie sprachen über Musik, aber Youssefs und seine Idole, Barry White, Santana oder Supertramp, die sie als Heranwachsende wie besessen gehört hatten, waren nicht die von Meriem. Er sah seinen alten Freund mit ihren Augen; Youssefs Humor, der Médée stets zum Lachen gebracht hatte, entlockte Meriem kein Lächeln, ihm fiel auf, wie sehr der Freund sein Aussehen vernachlässigte, das kleine Bäuchlein eines Bonvivants, das lindgrüne Poloshirt, das Jackett mit dem abgewetzten Revers; sein Sarkasmus, kombiniert mit einem gewaltigen historischen und literarischen Wissen, machte ihn zu einem anziehenden Menschen, Médée liebte die Abende, an denen sich ihr Gespräch in fröhlicher Freiheit in den weiten Räumen der mittelalterlichen arabischen Literatur, der persischen Poesie oder der französischen Romane des 19. Jahrhunderts austobte. Youssef mochte Médée sehr, manchmal chauffierte er sie am Samstag, wenn sie einen Marmorblock abholen musste oder Glaswolle und Seile brauchte. Seine Frau Hayat hatte sich geweigert, ihn zu dem Essen mit Meriem zu begleiten, sie war zu loyal. »Ich bin noch nicht bereit«, hatte sie Youssef entgegengehalten, der sich Ismaïls Einladung auch lieber entzogen hätte. Aber ihre brüderliche Freundschaft war so alt, dass er von dem staatlichen Forschungs- und Entwicklungslabor, das er seit mehr als zehn Jahren leitete, widerwillig in ihre Lieblingstrattoria kam.

Meriem hatte den kleinen, fast kahlen Mann mit einem spontanen Lächeln begrüßt, sich aber sehr bald aus dem Gespräch zurückgezogen, so fern waren die Themen, die Youssef beschäftigten, den ihren. Er merkte es und erzählte Anekdoten aus ihrer Jugend, von Hourya und ihrer Fahrt nach Fes, wo sich Ismaïl in der Medina verlaufen hatte, von den Ängsten seiner Mutter, bis sie ihn bei der Zawiya Qadiriya von Mulay Idriss gefunden hatte, fasziniert von der Trance der Anhänger vor dem Schrein. Sie hörte ihm zu, wie man als Kind einen etwas lästigen Freund der Familie erträgt, weil die Eltern es verlangen, während man wartet, dass das Ende der Mahlzeit die Rückkehr zu den Spielen erlaubt, die einen begeistern. Ismaïl bedauerte seinen Freund, der sichtlich Mühe hatte, Themen zu finden, um wenn schon nicht Meriems Leidenschaft, so doch wenigstens ihr Interesse zu wecken. Der Abend war für Ismaïl eine Niederlage, nicht so sehr, weil Youssef und Meriem keinen Moment aus der Deckung hervorgekommen waren, sondern weil er erlebt hatte, wie hartnäckig Meriem sein konnte, wenn sie beschloss, sich zu verschließen, eine Dickköpfigkeit, die er schon aus dem Krankenhaus kannte, die jedoch in diesem Kontext viel schwerer zu ertragen war. Youssef hatte sie aufmerksam beobachtet und in ihrer Zurückhaltung die Schüchternheit und den Stolz wahrgenommen, mit dem sie sich vorsätzlich jedem Vergleich mit Médée verweigerte. Er sprach später mit Ismaïl darüber und wies ihn feinfühlig auf Meriems Schwierigkeiten hin, die Nachfolgerin von Médée zu sein, die alle seit vielen Jahren liebten.

So drang Médées schattenhafte Anwesenheit immer tiefer in den Alltag des Paares ein, zumal die Ankündigung von Ismaïls Scheidung auch die Grenzen der familiären Rücksichtnahme gesprengt hatte. Er erfuhr, dass seine Schwestern ein paar Ferientage in Tanger verbracht und dort ihre Schwägerin besucht hatten, »strahlend«, verkündete Najat, ohne sich etwas Böses zu denken. Sie erzählte ihm, dass Médées Haus »absolut erlesen« sei, dass sie sich gefreut hätten, dort Adam zu treffen, der für ein paar Tage mit seiner Verlobten zu Besuch war, aber auch Ayas Mann Thomas, der ein Buch über die Spanier von Tanger schrieb, und dass sie Juan kennengelernt hatten. Hind betonte, wie glücklich sie für Médée sei, dass sie diesen Mann in ihrem Leben hatte, so aufmerksam, so offenkundig verliebt, der über sie wache und ihre Kunst mit ansteckender Begeisterung bewundere. Ismaïl kämpfte mit der unverständlichen Wut, die in ihm aufstieg. Er verbot sich, seine Schwestern zu unterbrechen. Redselig und überzeugt, die moralische Last ihres Bruders zu erleichtern, beschrieben sie ausführlich die Örtlichkeiten, erzählten von Médées Reisen in den nächsten Monaten, eine Ausstellung in Paris, dann in Tokio, vorher die in London, von der Samia gesprochen hatte. Er fühlte sich elend und paradoxerweise von allen verlassen, saß allein in dem Haus in Rabat, Hüter der Schatten einer Vergangenheit, die er nicht in Ehren gehalten hatte, abhängig von der Liebe einer sensiblen Frau, die bald entdecken würde, wie fern seine Wirklichkeit heute von der des charismatischen Mandarins war, in den sie sich verguckt hatte.

So weit war Ismaïl mit seinen Überlegungen, während ihm seine Schwestern wie ein vergiftetes Geschenk den Bericht von Médées Glück darboten, so zumindest stellten sie mit ihrem naiven Denken das neue Leben der Schwägerin dar, als hätte die Explosion seiner Abkehr, deren Grausamkeit undurchschaubar, selbst für Ismaïl unmöglich zu erfassen blieb, am Ende alles zerfetzt, was Médées zarten Leib, ihre Nerven, ihre Muskeln, ihre Organe, ihre Atmung und schließlich ihr Denken und ihre Gesten ausmachte. Es bedurfte der Unschuld von Najat und Hind, vielleicht auch ihrer kindlichen Ablehnung des Schmerzes und seiner Folgen, gewachsen aus einem Überlebenswillen, mit dem sie dem Verschwinden ihres Vaters so gut sie konnten ausgewichen waren und die Bilder seines gequälten Körpers so weit wie möglich an die äußersten Grenzen ihrer Seelen geschoben hatten: »Sie haben ihn nicht angerührt, seine Kameraden haben es Mama versichert«, erzählten sie dem Rest der Familie, der begierig auf heikle Einzelheiten wartete, dann, später, auch ihren Schwiegerfamilien und Bekannten: »Sie haben ihn nicht angerührt, er hat Glück gehabt.« Ebenso erschien Médée in dem Bericht, den sie Ismaïl gaben, unverletzt, wie das Motiv eines Bilderbogens im lichterfüllten und blühenden Haus am Hang der Vieille Montagne, und Juan als von der Vorsehung gesandter Ersatzmann – Gott ist groß, hatte Najat mit tiefer Erleichterung geseufzt. Die Kinder kamen und gingen in einer heilsamen Choreographie. Das sind Geschichten, die jeder gern hört. Und warum sollte man solche Geschichten nicht erzählen, in denen die Grausamkeit unter dem Deckmantel der Wiedergeburt für sich und die Welt daherkommt, in denen die Kriegskrüppel ihr neues Leben auf den noch rauchenden Trümmern des alten erfinden, und die Kinder tapfere Soldaten spielen und mit einem Lachen sterben? Doch Ismaïl, der sich dafür entschieden hatte, die Hände in die Köpfe der anderen zu stecken, mit manischer Präzision zu reparieren, was sich reparieren ließ, vor jedem Eingriff zitternd bei der Vorstellung, einen Teil ihrer Erinnerung, einen Sinn, eine Begabung zu beschädigen, glaubte nicht an diese Geschichten. Er hatte als Junge verstanden, dass die Männer, die aus den Kerkern kamen, in denen Brahim gestorben war, Hourya schonen wollten, indem sie ihr einen erträglichen Bericht gaben, der ihr nicht jede Nacht den Schlaf rauben würde, wenn sie in ihrer Vorstellung die Qualen teilte, die der Mann, den sie liebte, erduldet hatte. In ihren Blicken, ihren Gesten las er die Erinnerung an das, was an Menschlichkeit für jene blieb, die direkt oder indirekt den brutalen Angriff jener Jahre erlebt hatten, als die Gewalt der Machthabenden jeden zermalmte, der sie herausforderte. Brahim war gestorben, weil leben bedeutete, die Demütigung und die Erinnerung an all die Techniken der Erniedrigung zu überleben, durch die nicht der Körper, sondern der Geist gebrochen werden sollte, der Ort, an dem das Selbstwertgefühl und die Gewissheit der eigenen Würde entstehen. Und was hatte er, Ismaïl, über die Schädel seiner Patienten gebeugt, denn sein Leben lang anderes versucht, als diesen Geist zu retten, dessen geheimnisvolle Organisation von dem weichen, glitschigen, komplexen Gewebe abhing, in das er die Klinge bohrte, um zu bewahren, was dieses Wunder des Gewahrseins für sich und andere erlaubte?

So machte ihn die Entscheidung für das Leben mit Meriem, die die lebendige Verlängerung seines Begehrens zu sein schien, sich selbst gegenüber fremd, zumindest dem, was er über sich zu wissen glaubte. Ihm fiel Médées Traum von einem großen Hund ein, den sie ihm wenige Wochen vor seiner Abkehr eines Morgens erzählt hatte, sie stand am Rand eines Abgrunds, und der Hund stürzte sich auf sie, so dass sie hinabfiel. Er hatte kaum reagiert, eilig das Schlafzimmer verlassen, eine dringende Operation vorgeschoben, alle Operationen waren dringend, und tatsächlich war die, die ihn an jenem Morgen erwartete, besonders heikel, ebenso wie der fordernde Blick von Meriem, die ihm fünf Stunden assistieren musste. In Wirklichkeit aber floh er vor diesem Traum, der ihm mitteilte, dass seine Frau, obwohl sie nichts von seiner Affäre mit Meriem wusste, die Gefahr wahrgenommen hatte, die er für sie geworden war, die vor ihm die Fäden des unbewussten Bewusstseins dessen ausgrub, was in ihrer Beziehung geschah, ohne dass sie es mit der Gewissheit wusste, die die reale Kenntnis der Wahrheit einem gibt. Oft hatte er Médées nächtlichem Leben voller Träume, von denen sie ein Wort, einen Satz, vereinzelte Szenen in Hefte notierte, die greifbare Welt der leidenden Körper entgegengehalten, die zwangsläufig überlegen war, weil es darin um die Reparatur der anderen, der Lebenden ging, deren Körper aus dem Gleis geraten waren. Diesen dumpfen Gegensatz hatte Médée schon lange gespürt und mit unverständlicher Geduld akzeptiert, als Preis, um in der Einsamkeit ihres Ateliers diese Geschöpfe formen zu können, die sie mit ungewissen Kräften zwischen Gedenken und Spurensuche ausstattete. So erschien ihm das, was er für heilsame Grausamkeit gehalten hatte, dieser harte Bruch, je mehr sich seine Geschichte mit Meriem unabwendbar dem Ende näherte, als letzte Konsequenz eines langen Zusammenlebens, das durch eine verborgene Brutalität geprägt war, die ihn in den letzten zehn Jahren ermächtigt hatte, seiner Frau nur den Platz zuzuerkennen, den sie eingenommen hatte, und ihre Kunst als Laune anzusehen, bestenfalls als Ausdruck einer seltsamen Komplexität.

In den letzten Monaten erschütterte ihn die neue, zerstörerische Wahrnehmung seiner Vergangenheit so sehr, dass ihn zum ersten Mal sein Körper im Stich ließ, wenn er Meriem voller Zärtlichkeit in den Armen hielt, als verwandelte sich die neue Empfindsamkeit, die mühsam zurückgehaltene Tränen in seine Augen steigen ließ, in Schwäche, löschte das Verlangen aus, die Frau zu besitzen, die er liebte. Die Sexualität wurde zur Fortsetzung der Verletzung, die aus ihm den Mann gemacht hatte, der in den Augen seiner Frau, seines Sohnes, aller, die er geliebt hatte, die Angst aufscheinen ließ. Doch er konnte diese verstörende Wahrheit Meriem nicht offenbaren, ihr nicht erklären, dass seine nachlassende Lust ein Zeichen für die Steigerung seiner Liebe war, die sich in dem Bedürfnis äußerte, sie in unendliche Sanftheit einzuhüllen. Er wusste, dass sie seine gelegentlich fehlende Lust als nachlassende Zuneigung deutete. Er wollte ihre Sorge entkräften, indem er über die zweifelhafte Empfindlichkeit der Männer scherzte, aber der Körper der Frau, die er liebte und die er gekränkt hatte, ohne es zu wollen, hielt ihm seine aufreizende Jugend und die Ganzheit eines Begehrens entgegen, das nicht in den ausgeklügelten Windungen des Geistes verebbte. Er selbst war erschüttert von seinem Versagen, das er seiner gewandelten Wahrnehmung der anderen und seiner selbst zuschrieb, von der er ahnte, dass sie eine neue, unbekannte und deshalb beunruhigende Etappe seines Lebens einläutete, zugleich aber voll geheimnisvoller Verheißung war, und näherte sich Meriem nur noch mit Angst, was das Vertrauen in die Freude ihres körperlichen Zusammenseins endgültig zerstörte.

Diese Phase dauerte einige Wochen, nach denen *alles wieder in Ordnung war* – so formulierte er es gegenüber Youssef, der ihm geraten hatte zu warten, bevor er einen Spezialisten aufsuchte: »Schließlich lässt du dich gerade scheiden, das ist schon was«, hatte er ihn sinnvollerweise erinnert –, hinterließ jedoch in ihm eine anhaltende Spur und verstärkte vor allem die Gewissheit, dass er von Meriem nicht erwarten konnte, die verschlungenen Denkpfade zu verstehen, über die er nach der offiziellen Trennung von Médée irrte. Er sah absolut ein, dass er für diese Situation verantwortlich war, schließlich hatte er ihre Ehe so entschlossen zerstört, dass Meriem sein nachträgliches Zaudern nicht ohne Weiteres akzeptieren konnte. Doch aus der ersten Abgrenzung eines für sie verbotenen Territoriums, sein Leben mit Médée und folglich die innere Geographie ihrer Trennung, ergab sich die nächste, nämlich alles, was mit der Bindung zu seinen Kindern zu tun hatte. Er erinnerte sich nicht mehr, wie ungeduldig er anfänglich gewesen war, Meriem Adam vorzustellen, und auch Samia, die ein zweites Mal nach Rabat kam, ebenso kurz wie beim ersten Mal, um sich zu vergewissern, dass die Ansiedlung ihres Projekts bei den betroffenen Gruppen, aber auch bei den Behörden positiv aufgenommen wurde. Sie kam in Begleitung eines brillanten Ingenieurs, dessen Mutter in Fes lebte, während der Vater, ein italienischer Unternehmer, in seine lombardische Heimatstadt zurückgekehrt war. Malek erklärte Ismaïl die Bedeutung des Gründerzentrums, das sie in Casablanca schaffen wollten und aus dem Entwicklungsprojekte überall im Land entstehen würden. Samia lauerte auf die Reaktionen ihres Vaters, als sie ihm ankündigte, dass sie bald nach Rabat ziehen und von dort aus zunächst jeden Morgen mit dem Zug nach Casablanca fahren wolle. Sie bat ihn, für ein paar Wochen das ganze Projektteam in ihrem Haus aufzunehmen, bis alle so sicher waren, sich an diesem Experiment zu beteiligen, dass sie sich für ein paar Jahre in Casablanca oder Rabat niederlassen würden. Ismaïl war etwas überrumpelt, beugte sich aber der fröhlichen Entschlossenheit seiner Tochter und verbrachte mit ihr und Malek zwei angeregte Abende. Ihr Umzug nach Rabat war für Januar vorgesehen, also in acht Monaten, eine Ewigkeit für Ismaïl, der die Langsamkeit der Zeit wiederentdeckte, die weniger von Dringlichkeit als von der Auflösung seines alten Lebens geprägt war, wobei er die Widerstandskraft der innigsten Bindungen spürte, die im Körper entstehen oder in einer gemeinsamen Kindheit verwurzelt sind. In dieser unruhigen Zeit fand er etwas Trost in seiner unverwüstlichen Freundschaft mit Youssef, der mit grenzenloser Geduld über ihn wachte. Sadreddine war mehrmals von Tanger nach Rabat gekommen, weil Youssef ihn gerufen hatte, der sich um Ismaïl sorgte. Sie hatten ihre einstige Vertrautheit wiedergefunden, und sein Schwager verriet ihm, dass er zehn Jahre zuvor eine ähnliche Geschichte erlebt und überlegt hatte, die Familie zu verlassen. Vor allem das Alter seiner Kinder hatte ihn davon abgehalten. Im Laufe der Jahre wurde der Verzicht weniger schmerzhaft, zumal die Frau, die er liebte, das Land verlassen hatte. Er sagte Ismaïl, dass Lilia nichts davon wisse, wie durch ein Wunder habe ihre Ehe gehalten, auch wenn das aufrichtige Gefühl, das sie am Anfang vereint hatte, unter ihren unterschiedlichen Erwartungen gelitten habe. Das war bei Ismaïl ganz anders, wie dieser eilig versicherte. Sadreddine lächelte: »Lilia ist so mondän wie ihre Mutter. Médée ist das ganze Gegenteil, darum habe ich dich oft beneidet.« Ismaïl fand keinen Trost in der Anerkennung von Médées Tugenden. Ganz im Gegenteil, das einhellige Bedauern, das alle über das Ende ihrer Beziehung äußerten, führte ihm seine Falschheit vor Augen, den vermeintlichen Anspruch nach Aufrichtigkeit, den Mythos einer perfekten Übereinstimmung zwischen seinen Gefühlen und seinem Handeln.

Im Namen dieser Aufrichtigkeit hatte er Meriem zum zweiten Mal erklärt, dass ihre Anwesenheit im Haus während Samias kurzem Besuch verfrüht sei, dass er warten wolle, bis die Scheidung ausgesprochen sei. Meriem hatte nichts dazu gesagt. Wieder einmal richtete sein Wahrheitsdrang Schäden an, die er ohnmächtig beobachtete, ohne zu wissen, was er anders machen sollte. Er hatte sich nicht getraut, Sadreddine zu fragen, wie er die Augen verschlossen und mit welchen intimen Verrenkungen er es geschafft hatte, weiter mit Lilia zu leben, die auch nicht dumm war. Die Beziehung mit ihrem Mann befriedigte sie so wenig, dass sie sich in einen mondänen Wirbel stürzte, der Ismaïl und Médée stets den Atem geraubt hatte. Das Leben von Lilia und Sadreddine hatte eine eigentümliche Ähnlichkeit mit dem von Naïm und Faïza. Zum ersten Mal dachte

Ismaïl über das Liebesleben seines Schwiegervaters nach, dieses diskreten und großzügigen Mannes, der viele Künstler unterstützt und die Migränen und mondänen Launen seiner Frau mit unendlicher Geduld ertragen hatte. Sadreddine und Naïm wirkten nicht unglücklich. Und sicher quälten sie sich weniger als Ismaïl heute, da er vor den Folgen seines Wahrheitsdrangs stand, den er nun streng als kindische Ungeduld verurteilte, als Unfähigkeit, mit sich zu verhandeln, eine schwere Schuld bei einem Mann seines Alters. Zwar hinterfragte er seine Entscheidung, deren Folgen für sie alle er heute anders beurteilte, doch er spürte, dass der Kompromiss, den Naïm und auch Sadreddine eingegangen waren, ihn zu einem inneren Tod geführt hätte, zu einer so grundlegenden Negation dessen, was ihn damals glücklich machte, dass es den endgültigen Verzicht auf seine Lebenskraft bedeutet hätte. In einem seltsam leidenschaftslosen Gespräch erinnerte ihn Meriem daran, dass seine erste Regung, nachdem er beschlossen hatte, Médée zu verlassen, gewesen war, sie sofort seinen Kindern vorzustellen; also steckte hinter dem Zögern, der Vorsicht, die heute der Begegnung zwischen Samia, Aya, Adam und ihr entgegenstanden, keine besondere Sorge um die von der Scheidung ihrer Eltern gebeutelten Kinder, sondern offenbar das Ergebnis einer persönlichen Entwicklung, die ihn gerade dann vorsichtiger machte, als alle Hindernisse für ihre Beziehung überwunden waren, als man sie hätte stärker machen, verwandeln müssen, indem man vor allem die Kinder einbezog, zumal sie erwachsen waren, wie sie mit ironischer Melancholie feststellte. Er sah sie geradewegs auf die Einsicht zugehen, die ihre Worte nahelegten, und fand keine Kraft, ihr zu widersprechen. Er hörte ihr mit einer Passivität zu, die einer uralten Müdigkeit glich, so schwer, dass nichts sie überwinden konnte, fast neugierig, zu sehen, wie sich Meriem der geradezu zwangsläufigen Schlussfolgerung näherte. Er wusste, dass sie recht hatte, der anfängliche Schwung war geschwunden, während seine Liebe wuchs, und das Ergebnis dieser paradoxen Entwicklung war da, sie erlitten es heute, er fand nicht mehr die Kraft, zu ihr zu stehen, wie er es hätte tun müssen, kraftvoll ihre Zukunft zu gestalten, und ihre Enttäuschung war umso schmerzhafter, weil sie nichts verlangt hatte und nun in dieser schwebenden Konstellation steckte, von einer verspäteten Klarsicht und zugleich einer Erschöpfung geprägt, die keineswegs vom Nachlassen der Liebe verursacht war, doch wie sonst sollte sie es deuten?

Ich sage Glück, wie ich es fühl | Du hast den Gipfel erhöht | Den die Erwartung erklimmen muss

Ismaïl war außerstande, Meriems Gedanken eine andere Richtung zu geben, und er konnte sie auch nicht überzeugen, dass das Leben, das vor ihnen lag, für sie so erfüllt und strahlend sein würde, wie sie es erwartete. Im Gegenteil, er hielt Meriems mit Wut gemischte Traurigkeit für legitim, er wusste, dass sie recht hatte, sie würde eine Zeitlang in den Hintergrund gedrängt werden, einen ungewissen Platz in seinem Leben einnehmen, auf halbem Weg zwischen Vergangenheit und Zukunft, es würde einige Jahre dauern, bis ihre Liebe für ihn den zentralen Platz einnähme, den sie ihr in ihrem jungen Leben mutig zugebilligt hatte. Er hörte ihr geduldig zu, aber seine Geduld beruhigte sie nicht. Sie hätte Wut, einen klärenden offenen Streit vorgezogen, hätte sich seine Empörung über ihre Äußerungen gewünscht; doch er beschränkte sich darauf, sie voller Zärtlichkeit anzuschauen, wie man ein Kind anschaut, das recht hat und bei dem man weiß, dass es beim nächsten Hindernis fallen, aber auch wieder aufstehen wird, und seine Haltung löste in Meriem Panik aus. Plötzlich hatte Ismaïl die Vision eines Bahnsteigs, sie steht am Abteilfenster, ihr rötliches Haar, die mit Sommersprossen übersäte Haut, schon ist sie weg, der Zug entfernt sich, und er bleibt allein auf dem Bahnsteig zurück, das Herz erfüllt von ihr, die sich unweigerlich entfernt, während sie allein im Abteil die Landschaft anschaut, bis sich die Tür für einen Unbekannten öffnet. Nach mehreren Gesprächsversuchen verstummte sie, und das Schweigen errichtete zwischen ihnen eine vor Kummer zitternde Wand. Doch jeden Abend fanden sie in den Armen des anderen das zärtliche Band, das eine bösartige Macht im Morgengrauen zu lösen schien. So verging ein Monat in einer Spannung, die von Momenten inniger Liebe unterbrochen wurde, die sie zu einer so festen Einheit verbanden, dass die Erinnerung der Nächte die Mühen der Tage aufhob.

Eines Morgens klingelte sehr früh Ismaïls Telefon; er dachte sofort an den jungen Patienten, dem er am Vortag einen komplexen Tumor entfernt hatte, die Operation war so großartig gelungen, dass sein Team von einem Wunder sprach. Aber es war Sadreddine, seine Stimme klang so fremd, dass er sie kaum erkannte. Im Bruchteil einer Sekunde stellte er sich das Schlimmste vor, seine Kinder, seine Frau, das graue Licht der Morgendämmerung blendete ihn, weshalb er die Augen schloss. Früh am Morgen hatte man Naïm tot auf einem Weg seines Gartens gefunden. Er kümmerte sich am frühen Morgen – ab fünf Uhr, bevor die Sonne aufging – gern um seine Rosen; meistens kam er gegen sieben Uhr auf die schattige Terrasse, um mit dem Blick auf das Meer zu frühstücken. Herzinfarkt. Sadreddine teilte ihm mit, dass die Beisetzung zur Stunde des Asr-Gebets stattfinden werde, damit alle Enkel, von denen die meisten weit weg lebten, dabei sein könnten. Ismaïl machte sich sofort auf den Weg, nachdem er Meriem von Naïms Tod erzählt hatte. Stillschweigend ließen beide die Möglichkeit ihrer Anwesenheit in Tanger unerwähnt. Er versprach, sie gleich anzurufen, wenn er angekommen wäre, und fuhr los, nachdem er sie lange an sich gedrückt hatte. Er wusste nicht, ob er am selben Abend zurückkommen oder bis zur Zeremonie des dritten Tages bleiben würde. Deswegen hatte er einen kleinen Koffer für ein paar Tage gepackt. Youssef, den er angerufen hatte, begleitete ihn. Unterwegs erzählte Sadreddine ihnen am Telefon, dass Faïza entgegen ihrer Gewohnheit früh aufgestanden sei, um mit ihrem Mann zu frühstücken und sich dann ausführlich für ein Essen schick zu machen, dass alle Familienmitglieder bei Médée versammeln sollte, bevor Thomas abreiste. Er hatte den größten Teil des Materials für sein Buch über die Spanier in Tanger zusammengetragen und wollte nach Paris zurückfliegen, wo ihn Aya und die Kinder erwarteten. All diese Details, die Sadreddine unschuldig ausbreitete, verstärkten Ismaïls Bitterkeit: Er war in seiner Familie ein Fremder geworden. Dennoch erfüllte ihn der Schmerz eines Sohnes. Naïm war ihm stets voller Wohlwollen begegnet und hatte ihn in den dreißig Jahren seiner Ehe immer freundlich empfangen, ihn eingeladen, die Künstler kennenzulernen, die er förderte, ihm die zeitgenössische Kunst erklärt und sich gefreut, einen alten Cognac aufzumachen, den sie gemeinsam genossen, während sie schweigend auf der Terrasse über dem Meer saßen. Er war ein großzügiger und liebevoller Großvater für ihre Kinder gewesen, und Ismaïl wusste, dass vor allem

Adam tiefen Schmerz empfand. Am frühen Nachmittag kamen sie am weißen Tor des Hauses an, nachdem sie sich in dem alten, geradezu mythischen Hotel Minzah, wo Youssef zwei Zimmer reserviert hatte, kurz frisch gemacht hatten. Während sie die steilen, gewundenen Serpentinen an der Vieille Montagne hinauffuhren, hatte Ismaïl seine Lungen mit den Düften von Pinien und Meer gefüllt und den Blick über das Grün hinweg in das tiefe Blau getaucht. Naïm hatte gern hier gelebt, in der Schönheit der Natur, umgeben von den Häusern der Freunde, die verstreut am Berghang standen. Das Leben eines privilegierten Ästheten, das ihn nicht daran hinderte, unsichere Zeiten vorherzusagen. Er beobachtete das wachsende Elend am Rif, wo die Dealer herrschten, den Zorn über den Abstieg und die Entrechtung der Jugend im Norden des Landes und den zunehmenden Konservatismus der Familien in Tanger. In den letzten Jahren hatte er die Proteste in Al Hoceima erlebt und an den Demonstrationen zur Unterstützung der Gefangenen teilgenommen. Sein Leben lang hatte er zwischen seinen hedonistischen Neigungen und der Sorge um die soziale Gerechtigkeit geschwankt. Doch vor allem hatte er die Schönheit geliebt, seinen abschüssigen Garten gepflegt und dessen üppiges Grün vor dem Blau von Himmel und Meer genossen. Er hatte Faïza für ihre schwindende Schönheit geliebt und sie beschützt, wie man eine kostbare Perle in eine durchsichtige Legierung einfasst, um sie vor Erschütterungen zu bewahren. So hatte sie gelebt, diskret angebetet von ihrem etwas langsamen, geduldigen, in seinen Büchern und seinen Freundschaften lebenden Mann, während sie ein mondänes Leben führte, im Zentrum der Empfänge der Hautevolee von Tanger oder dessen, was davon übrig war, der Reste eines brillanten, kosmopolitischen Milieus, von dem nur ein ungewisser Glanz überlebte. Naïm hatte nie gearbeitet, so wie Ismaïl es verstand, er hatte von seinen Renten gelebt, von der Pacht zahlreicher, von seinem Vater geerbter Güter, manchmal verkaufte er ein Stück Land, um die Launen seiner Frau zu befriedigen, nie den Notwendigkeiten unterworfen, die das Leben den meisten Menschen auferlegt. So waren Lilia und Médée aufgewachsen, zwischen einem zärtlichen Vater und einer abwesenden, narzisstischen und kindischen Mutter, die nur mit dem Bild beschäftigt war, das sie in den Blicken ihrer Freunde sah, und depressiv wurde, sobald der Glanz der ewig gleichen Feste verblasste, auf denen sie ihre Schönheit präsentierte wie eine prunkvolle Maske. Mit den Jahren war Naïms Vertrauen in den Schwiegersohn gewachsen, und er hatte ihm von Faïzas Kindheit erzählt. Ihre Mutter Alexandra, eine griechische Aristokratin, verliebte sich bis über beide Ohren in Nessim, wurde von ihrer Familie aus der guten Gesellschaft Athens ausgeschlossen und folgte ihm in seine Heimatstadt Tanger, wo sie weit unter ihrem Stand lebte und Faïza, Omar und Selma zur Welt brachte. Alexandra war nie nach Griechenland zurückgekehrt und kurz nach Selmas Geburt gestorben. Nessim brachte es zu spektakulärem Reichtum, indem er in die Hochseefischerei investierte. So war Faïza schon früh vertraut mit der kosmopolitischen Gesellschaft von Tanger, die sich in dem prächtigen Haus drängte, das Nessim an der Vieille Montagne hatte bauen lassen. Sie war mit den Festen aufgewachsen, die der untröstliche junge Witwer gab, der umso mehr umworben wurde, weil er unzugänglich blieb. Nessim war stolz auf die mütterlichen Vorfahren seiner drei Kinder und erzog sie im Geiste dessen, was er für das Einmaleins einer aristokratischen Bildung hielt, mit Unterricht am Klavier, in Kunstgeschichte und Zeichnen. Als er starb, war Faïza siebzehn, und die Kinder entdeckten fassungslos, dass ihr Vater bis zum Hals in Schulden gesteckt hatte.

Naïm lernte Faïza kennen, als er während der Sommerferien von seinem Architekturstudium in Frankreich zurückkam; sie war in Trauer, entzückend und ohne einen Heller. Sie heirateten im selben Jahr. Ihr erstes Kind, Noor Médée, war ihrer Großmutter Alexandra verblüffend ähnlich, sie hatte ihre violetten Pupillen und die feinen Gesichtszüge geerbt. So genoss Faïza an der Vieille Montagne weiterhin ein Leben voller Feste, in denen sie wegen ihrer Schönheit und ihrer aristokratischen Abstammung einen privilegierten Platz einnahm, zumal sie in eine der ältesten und wohlhabendsten Familien von Tanger eingeheiratet hatte. Sie verdrängte ihren Kummer als Waisenkind mit Empfängen und Vergnügungsreisen und hatte die eine oder andere Affäre, von der Naïm nichts wusste, die aber ihre ältere Tochter mit Wut und Enttäuschung entdeckte. Ohne groß darüber nachzudenken, hatte Naïm seiner kapriziösen Frau ein kindliches Leben ohne jeden Sinn geschenkt. Unter ihrer häufigen Migräne, die sie vom Ausgehen abhielt, litt das ganze Haus. Médée war ihrer Mutter schon früh aus dem Weg gegangen und hatte sich in einen Verschlag zurückgezogen, wo sie voller Eifer kleine Figuren modellierte, auf die ihr Vater sehr stolz war. Zu ihrem vierzehnten Geburtstag schenkte er ihr das Atelier im Garten, in dem sie fortan ihre ganze Freizeit verbrachte.

Als sie vor dem majestätischen weißen Tor standen, hinter dem die von Orangen- und Zitronenbäumen gesäumte Auffahrt begann, sah Ismaïl auf den Wegen zwischen Blumenbeeten, violetten und elfenbeinfarbenen Rhododendren, arabischem Jasmin, duftendem Lavendel und Hecken von Rosmarin eine elegante Menge umherirren. Im Schatten der Lorbeerbäume erspähte er Aya, die ihrer Tochter den Schnürsenkel zuband. Er umarmte seine traurige Tochter, die ihn in die Eingangshalle der prächtigen Villa begleitete, hinter der vor der Weite des Meeres Olivenbäume, Palmen mit dicken Stämmen, Johannisbrotbäume und Maulbeerbäume wuchsen. Adam stand neben Sadreddine und empfing die Freunde und Bekannten, die herbeiströmten, je weiter sich die Nachricht von Naïms Tod in der Stadt und darüber hinaus bis Tetouan, Rabat und Casablanca verbreitete. Als er Ismaïl mit Aya hereinkommen sah, ging er ihnen entgegen. Das tröstete Ismaïl, die Umarmung seines Sohnes rechtfertigte seine Anwesenheit. »Mama ist im rechten Salon mit Oma Faïza.« Adam begleitete seinen Vater und stellte sich zunächst zwischen ihn und seine Mutter. Aber Faïza hatte Ismaïl schon entdeckt, sie streckte die Arme aus und sagte kaum hörbar in einem Schluchzen: »Mein Sohn, er hat dich so geliebt. Wie sollen wir ohne ihn leben?« Ihr Gesicht war von tiefem Schmerz und der Vorahnung ihrer künftigen Einsamkeit entstellt. Er kreuzte den Blick Médées, die wie ihre Mutter ganz in

Weiß gekleidet war, ging zu ihr und stammelte, eingeschüchtert von ihrem stummen Schmerz: »Es tut mir unendlich leid.« Sie neigte dankend den Kopf. Hinter ihr standen Lilia und ein Mann mit tiefer Stimme, der mit Sadreddine sprach. Das war Juan.

In den nächsten zwei Stunden erinnerte er sich mit Youssef und Freunden von Naïm an den Verstorbenen, die Menge der Trauergäste wuchs und wuchs, während der Moment näherkam, da der Tote aus dem Haus getragen werden würde. Ismaïl schwankte zwischen Wehmut über den Verlust seines Schwiegervaters – mit Naïm verschwand eine ganze Welt, elegant und obsolet, verschwanden der Humanismus und die Freiheit, die diese kosmopolitische, fröhliche Gesellschaft auch in den bleiernen Jahren verkörpert hatte – und dem Glück, bei seiner Familie zu sein. In diesem Haus hatte er die vornehme Kultiviertheit kennen und lieben gelernt, ganz anders als die nüchterne Großzügigkeit Houryas, die darauf bedacht gewesen war, für ihre vier vaterlosen Kinder eine Zukunft zu gestalten, in der es keinen Raum für Ungewissheit gab. Er hatte die Unbekümmertheit, die aus der Sicherheit erwuchs, den Geschmack für Schönheit und die Leichtigkeit geschätzt, die überall im Haus spürbar waren; die große Fensterfront, durch die das Licht hereinströmte, die elegante Mischung von alten und modernen Möbeln, die Gemälde an den Wänden, das erlesene Geschirr, die Leinentücher, die breiten Diwane vor dem üppigen Garten. Er hatte in dieser Welt, die sich ihm öffnete, von den Freuden des Lebens gekostet. Mit großem Ehrgeiz hatte er selbst nach diesem Leben gestrebt, doch zugleich saß in ihm ein Misstrauen gegen die verblüffende Unbekümmertheit, kam er doch aus einer Welt, in der alles in hartem Kampf errungen und wieder verloren wurde. Médée brachte die Harmonie ihres Elternhauses, den Geschmack für Licht und Gärten, seidige Stoffe und zarte Gegenstände, die Liebe zu hellem Holz und klare Linien in ihr gemeinsames Haus in Rabat. Aber sie hatte alles vereinfacht, weggelassen, was von Überfluss zeugte, und nur die Schönheit der Pflanzen und der edlen Materialien übernommen. Naïms in dicken Brokat und grünen, mit Goldfäden bestickten Samt gehüllter Körper wurde mitten im Salon aufgebahrt, wo er oft gelesen hatte, während er auf seine Frau wartete, um mit ihr auszugehen, oder, wenn er sie nicht begleitete, weil er die Gesellschaft von Cervantes und Javier Marías vorzog, bereit saß, um sie zu bewundern, bevor ein Auto in der Auffahrt hielt, das sie dahin brachte, wo sie erwartet wurde. Immer hatte er ein freundliches Wort, ein Kompliment für ihr Kleid, ihre Frisur, dann bat er sie aufzupassen, wie man sich um ein Kind sorgt. Nun konnte er sie nicht mehr beschützen, allein und tränenüberströmt stand sie vor ihrem unsichtbaren Mann, der ihr alles vergeben hatte, ohne etwas dafür zu verlangen. Die Stimmen der Koransänger wurden lauter, die Künstler kamen herein, die Freunde, die Angehörigen, bald war das Haus schwarz vor Menschen. Das Stimmengewirr übertönte die heiligen Gesänge, bis Sadreddine vor dem Abschlussgebet nach der Tradition die Lichter löschte. Faïza wankte, Médée setzte sie auf einen niedrigen Sessel neben den Toten. Schließlich wurde Naïms Körper hochgehoben und von schrillen Rufen begleitet hinausgetragen. Ismaïl war tief bewegt, er sah, dass Juan den Arm um Medées Schultern gelegt hatte, während Adam die Hand seiner kraftlosen Großmutter hielt, bevor er sich dem Zug der Männer anschloss, die den Verstorbenen für das Asr-Gebet zur Moschee begleiteten, vor der letzten Reise zum Friedhof, wo ihn das bereits ausgehobene Grab erwartete. Ismaïl und Adam fuhren mit Youssef und Sadreddine. Juan war bei Médée und Faïza geblieben.

Nach der Beisetzung kamen sie zum Haus zurück, das in spätnachmittäglichem Licht lag, während der Berg seine Schatten über das zersplitterte Gold des Tages legte. In Naïms Garten warteten gedeckte Tische auf die Lebenden, nachdem sie ihre Pflicht für den getan hatten, der ihnen vorausging, es gab Brot, Butter und Honig, um die Trennung zu versüßen, schwarze Oliven und Hackfleisch mit Tomate und frischem Koriander, dazu Minzetee. Die schweren Stunden, da die Realität des Todes des unter der weichen Erde in sein Leichentuch gehüllten Körpers die nach der ersten Trennung von Naïm versammelten Männer überwältigt hatte, wurden im gemeinsamen Mahl von warmem Brot und Honig etwas leichter. Und während sich der Himmel verdunkelte und einen Schleier voll blasser Sterne über die Bäume breitete, kehrten sie zu den Sorgen und Anekdoten der Lebenden zurück. Die Urenkel von Naïm und Faïza spielten im Garten Fangen, ihr Lachen hallte durch die langsam hereinbrechende Nacht. Médée lud die Frauen zu einem Rundtanz ein und dachte an den Körper ihres Vaters, der die erste Nacht allein in seinem Haus aus Erde verbrachte. Ismaïl beobachtete sie durch das dichte

Laub, das sie seinem Blick entzog, er spürte ihre sanfte Anwesenheit und versank in wehmütigem Frieden.

Youssef und er blieben lange, und es war schon spät, als sie erschöpft ins Hotel zurückkamen. Faïza hatte darauf gedrängt, dass sie bis zur Zeremonie des dritten Tages blieben, und angesichts des fordernden Blicks seines Sohnes hatte Ismaïl nicht ablehnen können. Er rief Meriem an, sobald er in seinem Zimmer war, aber sie ging nicht ans Telefon. Er schickte eine Nachricht, und eine Minute später klingelte es. Sie erkundigte sich nach der Zeremonie, den Kindern, Médées Kummer. Er antwortete ihr zärtlich und sagte ihr, er werde nach dem dritten Tag zurückkommen. Sie teilte ihm mit, dass sie am nächsten Tag sehr früh nach New York fliegen würde. Sie wisse nicht, wann sie zurückkäme. Er sagte, dass er sie liebe. Sie antwortete: »Ich dich auch.«

Wenn das Morgen verschwindet.

Ismaïl fuhr in jener Nacht nicht nach Rabat. Er klopfte an Youssefs Zimmertür, ließ sich auf den Bettrand des Freundes sinken und erzählte ihm, dass Meriem nach New York fliegen würde. »Dauer unbestimmt«, ergänzte er mit müdem Sarkasmus. »Wahrscheinlich hat sie das Angebot des New York Hospital angenommen, ich verstehe sie.« Youssef sah ihn schweigend an. Dann fragte er: »Wollen wir jetzt fahren?« »Nein«, antwortete Ismaïl. »Das musste so kommen. Es geht uns schon eine ganze Weile nicht besonders gut. Sie gibt sich Mühe, ich auch.« »Glaubst du nicht, dass sie darauf wartet?«, fragte Youssef. Ismaïl schwieg einen Moment. »Ich bin müde. Ich muss mich ausruhen. Ich bleibe bis zum dritten Tag nach Naïms Beisetzung, dann fahre ich nach Jnan Nich. Dort bleibe ich ein paar Wochen. Ich schicke meiner Assistentin und der Krankenhausleitung eine Mail. Redouane kann mich vertreten. Wahrscheinlich wussten alle von Meriems Abreise.« Er wechselte noch ein paar Sätze mit Youssef, dann ging er zurück in sein Zimmer. Er schlief die ganze Nacht nicht, und als es hell wurde, duschte er lange. Sie trafen sich zum Frühstück im Hotelgarten, spazierten durch die Straßen von Tanger und tranken im Café Hafa Tee. Ismaïl hatte sein Telefon ausgestellt. Seine Gedanken irrten umher, er stellte sich Meriem am Flughafen vor, dann beim Einchecken nach New York. Er verstand ihre Entscheidung als Versuch, die Kontrolle über ihr Leben zurückzugewinnen. Sie war ehrlich gewesen, sie hatte tatsächlich auf die faszinierende Chance verzichtet, bei einem der besten Teams von Neurochirurgen zu arbeiten und zu lernen. Aber Ismaïls Weigerung, sie seinen Kindern vorzustellen, die Wehmut, die ihn nach Telefongesprächen mit Samia oder Aya stundenlang nicht losließ, und nun seine Fahrt nach Tanger, von der sie ausgeschlossen war, hatten sie erschüttert. Er vermutete, dass Meriem spontan ein Flugticket gekauft hatte, um endlich zu existieren, wieder einen echten eigenen Platz in ihrem Leben einzunehmen. Seine erste Reaktion war ziemlich paranoid gewesen, er hatte sich zunächst eine vorausgeplante Abreise ausgemalt. Er borgte sich Youssefs Telefon und sprach kurz mit seiner Assistentin, um ihr seine längere Abwesenheit anzukündigen. Sie erzählte ihm, sie habe am Vorabend spät eine Nachricht von Meriem erhalten, die sie über ihre Abreise nach New York in Kenntnis setzte und um eine Freistellung für sechs Monate bat. Deshalb habe sie seinen Anruf fast erwartet. Die Verbindung zwischen seiner Abwesenheit und der von Meriem schien der Assistentin offensichtlich, und er tat nichts, um den Irrtum auszuräumen, erklärte ihr jedoch, er werde nur drei Wochen fort sein. Es stünden keine akuten Eingriffe an. Im Fall äußerster Dringlichkeit könne er in wenigen Stunden in der Hauptstadt sein und sich um einen Patienten kümmern. Mit diesen drei Wochen werde er etwas von dem riesigen Berg von Urlaubstagen abtragen, den er über Jahre hinweg angehäuft habe, weil die Leitung der Neurochirurgie es verlangte. Seine Assistentin schwieg einen Moment, dann wünschte sie ihm gute Erholung.

Er fühlte sich etwas erleichtert. Meriem hatte also nichts geplant, sie hatte auf seine Abreise reagiert, und diese Impulsivität zeugte ebenso von ihrer Wut wie von ihrer Liebe. Durch den von ihr geschaffenen Abstand hing er in einem spektakulären Umkehrschluss nicht länger von den Zwängen ab, die ihn einschränkten und die alle mit seinem Leben mit Médée und ihren Kindern zu tun hatten. In Jnan Nich würde er in der Einsamkeit, nach der er sich sehnte, Zeit haben, nachzudenken und die Fäden ihrer Beziehung zu entwirren, wenn das noch möglich war. Er brach gleich nach der Zeremonie des dritten Tages auf, bei der sich sein Herz für kurze Zeit mit Frieden füllte, weil sein Sohn neben ihm saß und ihm von seiner Arbeit erzählte und dass er Sofia im folgenden Jahr heiraten würde. Er wollte offiziell um ihre Hand anhalten, wenn Samia in Rabat und Médée in Tanger war. So könnten sie an der Zeremonie teilnehmen, bei der Sofia und er sich einander versprechen würden. Bevor er losfuhr, küsste Ismaïl Adam und war tief gerührt von der Umarmung, die lange Monate der Unstimmigkeit auszulöschen schien, unter der er so gelitten hatte. Zugleich jedoch nahm er zur Kenntnis, dass Adam nicht von seiner Anwesenheit bei der Zeremonie gesprochen hatte.

Er kam am Nachmittag des folgenden Tages in Jnan Nich an. Die Sonne stand schon tief, und das vibrierende Licht bedeckte den Strand mit goldenem Staub. Er setzte sich wie ein Kind mit baumelnden Beinen auf das Mäuerchen der Terrasse und schaute aufs Meer, dessen Wellen im Sand versickerten. Bevor er Tanger verließ, hatte ihm Faïza einige Bücher von Naïm geborgt, und er hatte versprochen, sie ihr auf der Rückfahrt wiederzugeben. Er hatte auch Weißwein, Bier, Käse und Brot gekauft, von dem er die Hälfte in die Tiefkühltruhe legte, dazu Thunfisch und Sardinen in Büchsen, Tomaten, schwarze Oliven, Nudeln und Reis. Bei der Ankunft im Dorf hatte er vor dem Lebensmittelladen angehalten und Butter, Eier und ein Glas Aïcha-Himbeerkonfitüre gekauft, die Hourya in seiner Kindheit auf die Brote strich, zuletzt noch zwei Päckchen Kaffee, Geschirrspülmittel und Seife. Hamid, der Besitzer des Cafés an dem kleinen Dorfplatz, hatte ihn gegrüßt, als er vorbeifuhr. Er räumte in der Küche seine Einkäufe ein. Dann ging er zum Meer hinunter und schwamm lange; das Salzwasser befreite ihn von den Miasmen der Angst, von Naïms Tod, Meriems Auflehnung und ihrer Abreise, von der Müdigkeit der beiden verrückten Jahre der Leidenschaft, der Zerstörung, dem gewaltigen Kummer, der ihn gepackt hatte, als er begriff, wie lange Adams Zorn brauchen würde, ehe er sich legte. Seine lebendigen Glieder bewegten sich kraftvoll im klaren Wasser, erzeugten kleine Schaumkronen auf der glatten Oberfläche, seine Muskeln, die steif waren von der Reglosigkeit am OP-Tisch und der Anspannung der präzisen Handbewegungen, von denen das Schicksal seiner Patienten abhing, brannten. Es war wie ein Rausch, die weite Fläche des Meeres zu durchziehen, er entfernte sich vom Ufer und dachte nicht an den Rückweg, allein im Glanz der Vereinigung von Himmel und Wasser, in ein funkelndes Licht getaucht. Schließlich war er so weit vom Ufer entfernt, dass er Mühe hatte zurückzukommen und dachte, seine Muskeln würden ihn nicht mehr weitertragen. Er spürte das Gewicht seiner Glieder, kämpfte und erreichte keuchend den Strand. Danach duschte er lange unter heißem Wasser, sein Körper schmerzte, und als er aus dem Bad kam, packte ihn die Müdigkeit, eine gesunde, gute Müdigkeit, wie die des Jugendlichen nach einem Fußballspiel. Er aß mit Appetit, fühlte sich lebendig und ruhig. Am nächsten Tag würde er etwas Obst kaufen, vielleicht ein paar Äpfel und frisch gefangenen Fisch, wenn er früh genug aufwachte, um bei den heimkehrenden Booten aus dem Fang auszuwählen, was er sich später grillen würde. Er schaltete das Radio ein, nostalgisch-sinnlicher Jazz begleitete ihn durch den Rest des Abends. Neugierig schlug er *Der große Gatsby* auf, eins von Naïms Büchern, streckte sich auf der Polsterbank aus, die er nach seiner Ankunft auf die Terrasse hatte, und versank in den melancholischen Abenteuern von Jay Gatsby, der in Daisy verliebt war wie in einen Schmetterling mit schillernden Flügeln, umgeben von der Aura einer für immer unerreichbaren Vergangenheit, in der er den verlorenen Geschmack an seinem eigenen Dasein hätte wiederfinden können. Ismaïls Lider senkten sich langsam, sein Geist aber kämpfte, fasziniert von dem Labyrinth eines zynischen und zerbrechlichen Mikrokosmos und von der ungeschminkten Beschreibung eines Milieus, in dem das Geld die Lebensform selbst war und über die Menschen herrschte, die sich nur durch das Alter ihres Vermögens unterschieden. Er erinnerte sich mit Bedauern, dass Naïm ihn mehrfach gedrängt hatte, den Roman zu lesen, um ihm die durchsichtigen, aber verschlossenen Türen zu einer Welt zu öffnen, die durch seine Heirat mit Médée einen Spaltbreit aufgegangen waren. So war er stets ein distanzierter Beobachter der Gesellschaft geblieben, in der sich Faïza und Naïm so unbefangen bewegten, zumal Médée, als sie ihn heiratete, diesem Universum mit großer Entschlossenheit den Rücken gekehrt hatte. Aber selbst zurückgezogen und am Rand musste sie nur bei einem Abendessen oder einem Empfang auftauchen, damit sofort der glitzernde Schaum der Mondänität sie liebkoste und der Zauberkreis sich um sie schloss, während er für immer draußen blieb. Nicht, dass er gern zu diesem Kreis gehört hätte, aber er hatte Médée oft darauf aufmerksam gemacht, wie sehr sie trotz ihres deutlichen Willens, sich zurückzuziehen, für diese Leute, ob sie wollte oder nicht, eine der ihren blieb. Sie hatte ironisch gelächelt: »Ja, sie geben nichts her, nichts und niemanden.« Sie war ihrer Entscheidung treu geblieben, wie sie ihm treu geblieben war. Sie besaß einen Anstand, den er bei Adam wiederfand, die Entschiedenheit, sich an ein gegebenes oder empfangenes Wort zu halten, ohne je nach den dafür nötigen Opfern zu fragen, als hätte sie in der Verpflichtung alles abgewogen und akzeptiert, so dass kein Schatten die Klarheit des Versprechens trübte. Er stellte sich Juan als Gatsby vor, verfolgt von der hartnäckigen Erinnerung an die unterdrückte Liebe, gleich einer Krankheit, auf Naïms Terrasse, vor den Augen des Mädchens mit den violetten Augen ... Juan und Médée ... Der Abend ging seinem Ende zu, am Himmel breiteten sich dunkelblaue Streifen aus, die die Dämmerung ankündigten. Ein Bild war wie eingebrannt in ihm und bedrückte ihn, Juans Arm um Médées schmale Schultern, Ausdruck ihrer Zusammengehörigkeit. Sie schenkte ihm den letzten Charme eines Lebens, das sich in einem harmonischen Kreis schloss, die erste Liebe wurde die letzte, wie in den Geschichten, in denen die Standhaftigkeit des abgewiesenen Liebenden nach einer langen Reihe von Prüfungen schließlich belohnt wird. Meriem fehlte ihm. Den ganzen Tag hatte er vor dem klaffenden Loch die Augen verschlossen, das sich jetzt zu weiten drohte. Sein Telefon war immer noch ausgestellt, er hatte nur den Dienstapparat angelassen. Er wollte nicht daran denken, wie sie im Rausch der wiedergefundenen Freiheit und vor allem mit dem Drang zu lernen, zu entdecken, zu erfahren durch New York wanderte. Trotzdem stellte er sich vor, wie sie die Fifth Avenue bis zum Union Square hinunterlief und wie ihre Seele die Regungen der fröhlichen, kosmopolitischen Menge aufsaugte. Er wusste aus Erfahrung, dass ein radikaler Umgebungswechsel die Wahrnehmung einer Bindung, einer Verpflichtung, einer von Schwierigkeiten geprägten Liebesbeziehung verändert. New York ... Für Meriem die Stadt aller Möglichkeiten, aller Neuanfänge. Mit der Zeit würde am Horizont ihres Lebens nur die wehmütige Erinnerung an eine Leidenschaft für einen älteren Mann bleiben, einen brillanten Chirurgen, der sich an überholte Verfahren klammerte, begrenzt von den Möglichkeiten eines finanzschwachen Umfelds, wie sie sehr schnell feststellen würde. Die Sonne versank im Meer. Er streckte sich, das Buch fiel zu Boden. Nun hatte er die Augen geschlossen und gab sich langsam der Trägheit hin, die ihn in der Abendfrische überkam. Morgen würde er ganz früh hinuntergehen, um Fisch zu kaufen, wieder zu schwimmen, zu lesen, zu atmen. Er schlummerte ein und erwachte mit einem Schauder. Ihm war kalt. Er ging ins Haus, holte sich die alte Jacke seines Vaters aus dem Schrank, zog sie an und ging zurück auf die Bank. Am Himmel funkelten bläulich die Sterne auf. Er griff nach dem Telefon und schaltete es ein. Auf dem schwarzen Bildschirm erschien eine Nachricht von Hind.

Er las die ersten Worte: »Jawad ist verschwunden.« Die Erstarrung löste sich mit einem Schlag. Er rief seine Schwester an, die sofort abnahm und mit verzweifelter Stimme erklärte: »Wir wissen nichts. Er war in der Wohnung, Zahra ist inzwischen taub, sie hat nichts gehört. Sie sagt, dass er in den letzten Tagen sehr unruhig war.« Ismaïl kämpfte gegen das Schuldgefühl, das zugleich mit einer Wut aufstieg, die er nicht zurückhalten konnte: »Hast du nichts gemerkt?« Hind verteidigte sich: »Ahmed ging es in den letzten Tagen nicht gut, seine Arthrose lässt ihm keine Ruhe. Ich habe mich um ihn gekümmert. Morgen wollte ich zu Jawad gehen, aber ich habe mehrmals mit ihm gesprochen und er wirkte ganz entspannt.« Er fragte weiter: »Und Najat? Wie lange hatte er keinen Besuch von einer von euch?« Er hörte die Empörung in ihrer Antwort, und seine Wut schwand, während sie ihm versicherte: »Najat hat ihn letzten Freitag gesehen, er wollte schwimmen und sie waren am Strand, Samstagvormittag waren sie in Skhirat, er war glücklich und auf dem Rückweg haben sie ein Eis gegessen. Ich verstehe das nicht. Er hat Zahra nicht gesagt, dass er weggeht. Das sieht ihm gar nicht ähnlich. Wir haben eine Vermisstenmeldung gemacht. Wir suchen ihn überall. Ein Nachbar hat ihn mit einer Reisetasche weggehen sehen. Wann kommst du zurück?« Er antwortete nicht. Sein Bruder ... Wann hatte er ihn zum letzten Mal gesehen? Vor zwei Monaten, eher mehr. Mit welchem Recht beschimpfte er seine Schwester? Das Meer vor ihm glänzte wie der schwarze Bauch eines geschmeidigen Wesens, das die Erde bedeckte und sich im Rhythmus seines eigenen Atems durch die Nacht bewegte. »Ich komme morgen zurück. Wir müssen Jawad finden. Ich ruf dich an, sobald ich da bin.« Keine Atempause, dachte er. Niemals. Er ging in die Küche und goss sich ein Glas Wein ein. Dann griff er nach der Flasche und nahm sie mit auf die Terrasse. Sein Bruder. Immer zwischen ihm und Hourya. Die sich sorgte. Du wirst dich um ihn kümmern, Weldi ... Eine Bitte, tatsächlich aber ein Vermächtnis. Ja, Memti, sorg dich nicht. Ich kümmere mich um ihn, um dich, um meine Schwestern, ich werde der beste Arzt der Welt, ich werde sie alle retten, ich, der Sohn, den du mit deinen Händen segnest, und der andere Sohn an dich geklammert, ein versunkener Kontinent, das frühreife Kind, du hast gesagt: »Dein Bruder war ein Genie, mit zwei Jahren hochbegabt, dein Vater war so begeistert. Er nannte ihn Einstein, hörst du, ich übertreibe nicht.« Ja, Memti, ich weiß jetzt, dass du recht hattest, ich habe studiert, um zu verstehen, damit du weniger allein bist mit ihm. Dann bist du gegangen, und ich habe losgelassen ... Der Wein war trocken und frisch, er sah ein Licht auf dem Meer, sicher ein Boot. Warum war

Jawad einfach so weggegangen, wo er doch keinen Bruch in seinem Alltag, nicht die kleinste Veränderung ertrug? Er musste mit Zahra sprechen, sie würde wissen, was Jawad verstört hatte. Bislang hatte sich Ismaïl nicht um seinen Bruder gesorgt, er war in Sicherheit in der unveränderten Wohnung ihrer Kindheit. Jeden Monat überwies er Zahra einen Betrag, von dem beide gut leben konnten, seine Schwestern kamen oft zu Besuch, und auch er war vor seiner Geschichte mit Meriem regelmäßig im Haus ihrer Mutter gewesen. Er setzte sich im Wohnzimmer auf den Platz, den Hourya eingenommen hatte, Jawad kam aus seinem Zimmer, und Ismaïl bat ihn oft, ihm seine sorgfältigen, außerordentlich präzisen Zeichnungen zu zeigen, Städte, die von winzigen Wesen bewohnt wurden, ein Gefühl für Details, das ihn faszinierte. Médée liebte die Arbeiten ihres Schwagers. Wenn sie ihm aber vorschlug, sie auszustellen, verschloss er sich, heftige Zuckungen im Gesicht, sie legte ihre kühle Hand auf seine Stirn und beruhigte ihn: »Du hast recht, sie sind wunderbar hier, in dieser Wohnung, bei dir.« Wenn Médée ihn eine Woche lang nicht besuchte, verlangte er nach ihr, und Ismaïl hatte größte Mühe, ihm zu erklären, dass sie sich getrennt hatten, dass Médée jetzt woanders wohnte. Vor ihm lag das Meer in der sternenübersäten Nacht. Das war die Wahrheit. Alles andere war eine Frage von Gefühlen, Begehren, menschlicher Aufregung. Auch Jawad hatte sich davon freigemacht, er hatte beschlossen, das Haus mit einer Reisetasche in der Hand zu verlassen. Hatte er sich aus seiner geschlossenen Welt gewagt wie ein Tier aus einem tausendfach erkundeten Haus, hatte er das Verlangen verspürt zu leben, die Luft der Weite zu atmen? Die Möglichkeit eines Verlangens, einer Initiative war weit entfernt von den harten Grenzen, in die ihn die Spezialisten verwiesen. Niemand wusste, was in der porösen Intimität des Bewusstseins geschehen konnte. Ismaïl fühlte eine neue Demut, er erinnerte sich an Houryas Auflehnung gegen die Psychiater: »Mein Sohn ist nicht auf das beschränkt, was Sie von ihm wahrnehmen, ich kenne ihn, ich spüre es, Sie setzen ihm die Grenzen Ihrer Wissenschaft und behaupten, es seien die des Lebens!«

Jawad war weg, Meriem auch und vor allem Médée. Médée war weg, er hatte Juan gesehen, der sie an sich drückte, er hatte die tiefe Vertrautheit gespürt, die die beiden in Herz und Geist verband, mehr als das, was er je von ihr erhalten hatte. Alle waren weg. Er ging in die Küche, um eine weitere vor Kälte feuchte Flasche zu holen. Das Licht auf dem Meer blinkte immer noch. Ein winziges Licht in der Nacht. Ein Fischer in seinem Boot, der auf dem schwarzen Wasser seinen Frieden suchte.

Jawad diente in gewisser Weise als Vorwand für Houryas unerschöpflichen Schmerz, denn sie blieb unempfänglich für die Aufforderungen ihrer Schwestern, »sich anderen Dingen zuzuwenden«, nachdem Brahims Tod bestätigt war. Ihr blieb noch dieser seltsame, von einem widersprüchlichen Schicksal geprägte Sohn, wie eingemauert in sich selbst, dessen reglose, schlummernde Intelligenz sie spürte. Hourya sprach mit Jawad immer so wie mit ihren anderen Kindern, fragte ihn nach seiner Meinung, begutachtete aufmerksam seine komplexen Zeichnungen, besorgte Zeichenkohle, kaufte weiße Leinwand, Farbtuben und unterschiedliche Pinsel, ermunterte ihn, die Farben auf der Leinwand auszubreiten, als wollte sie ihn in die greifbare Welt locken, zu der üppigen und anarchischen Vielfalt, vor der er floh; Jawad kehrte immer zu seiner Architektur in Schwarzweiß, manchmal Grau zurück, und Hourya gab die Einführung der Farbe für ein paar Monate auf, dann unternahm sie einen neuen Versuch, hartnäckig, geduldig. Jawad lächelte und sagte »Nein, Memti«, ein Ritual zwischen ihnen, ein Spiel, das er akzeptierte und mit kleinen Varianten wiederholte, manchmal griff er nach dem Pinsel, tauchte ihn in die blaue Farbe, die Hourya auf die Palette gedrückt hatte, und trug sie in dicken Strichen auf die Leinwand auf, um sie dann sogleich wieder mit seinen genauen und komplizierten schwarzen Strukturen zu bedecken, und Hourya rief begeistert Médée herbei, die vorsichtig in Jawads Zimmer trat, sich auf die Stuhlkante setzte und ihm erzählte, wie manche Künstler die Geschichte der künstlerischen Darstellung verändert hatten, indem sie sich ausschließlich auf die Erforschung der Farbe beschränkten. Jawad war glücklich, wenn Médée einfach so auftauchte, er holte seine Kartons und breitete seine Arbeiten vor ihr aus, sie betrachtete sie aufmerksam, begeistert von seiner zwanghaften Kreativität. Häufig hatte Médée Jawad mit zu sich genommen, Hourya begleitete sie, alle drei gingen in ihr Atelier, und Jawad streichelte die Statuen, versenkte sich in die Betrachtung von Médées geflickten Geschöpfen. Einmal hatte er sogar mit ihr ein Holzmodell angefertigt, und sie hatte eine ihrer Figuren aus Harz, Gips und Stahl in das Innere des Gehäuses gesetzt. Médée hatte ihre beiden Namen auf die Rückseite des Werks geschrieben und es Jawad geschenkt, der es in der Mitte seines Zimmers an zwei Schiffstauen aufhängte. Ismaïl hatte Jawad vor langer Zeit im Stich gelassen, das war ihm bewusst, zwar hatte er stets das nötige Geld für Zahras und seinen täglichen Komfort überwiesen, aber er hatte aufgehört, die vielschichtige Beziehung zu pflegen, die ihn mit seinem Bruder verband, Zärtlichkeit, Gereiztheit, Vertraulichkeit, und mit der er früher Houryas Bemühungen unterstützt hatte, die Grenzen des kontrollierten Universums zu weiten, in dem Jawad sich einschloss. Er erinnerte sich an ein Ritual, das sie irgendwann eingeführt hatten, die langen Spaziergänge am Samstag nach dem Mittagessen im Forêt du Hilton, bei denen sie nebeneinanderher liefen, *die beiden Brüder*, sagten die Leute, denen sie begegneten und die sie erkannten, und Ismaïl bewunderte die beeindruckende körperliche Kraft seines Bruders, die langen ruhigen Schritte, die ihrem schweigsamen Marsch den Rhythmus gaben, sie achteten auf das Knistern des Laubs unter ihren Füßen, den Geruch des schwarzen Humus, der vom Waldboden aufstieg, den grünen, zwitschernden Schatten der Bäume, lebendiges Refugium für tausende Vögel. Danach, an der Place Pietri, ließ Ismaïl sich Zeit, genoss den Frieden der Seinen und den grünen Minzetee, während Jawad unter die Dusche ging und in seinen hellen Jeans und dem grauen Kapuzenshirt eines Teenagers zurückkam. Wie hatte Jawad all die Brüche erlebt, die auf den unermesslichen Verlust durch Houryas Tod gefolgt waren? Eine Zeitlang hatten sich die

Geschwister weiter zum Tee im Wohnzimmer der Familienwohnung getroffen, am Abend kamen ihre Ehepartner und manchmal ihre Kinder dazu, und Zahra legte ihren ganzen Ehrgeiz darein, den Tisch mit Keksen, Baghrirs und Kuchen zu decken, wie zu den Zeiten, da Hourya voller Freude ihre Kinder und Enkel empfing. Das Familienleben ging also weiter, sicher auch noch, nachdem Ismaïl sich immer mehr zurückgezogen hatte, aber er war nicht sicher, ob die Schwestern weiter so regelmäßig kamen, er zweifelte nicht an ihrer Treue zu Jawad, aber vielleicht wechselten sie sich ab, bedrängt von ihren eigenen familiären Verpflichtungen, ihren Reisen, ihren erwachsenen Kindern, die woanders lebten. Hatte sein Bruder gespürt, wie sie sich alle entfernten? Gab es in der Art seiner Wahrnehmung der Welt einen Platz für Wehmut, Vermissen, Abwesenheit? Niemand konnte es sagen ... Auf Ismaïls Abkehr von Médée hatte er mit Wut und Verzweiflung reagiert, das war nicht zu leugnen. Ismaïl schlief die ganze Nacht nicht, schlummerte manchmal ein, gewiegt von der Brandung und dem seltsamen Murmeln des violetten Himmels, als riebe sich das Sternendurcheinander am Meereshorizont. Früh am Morgen öffnete er die Augen, geblendet von der milchigen Dämmerung, das silbrige Meer rührte sich nicht mehr, die Boote schienen reglos auf dem Wasser zu liegen. Selbst aus dieser Ferne konnte er die Angelschnüre der Fischer sehen. Trotz seines kurzen, von Gewissensbissen und Sorge um Jawad unterbrochenen Schlafes war er entspannt. Er stand auf und machte sich einen Kaffee mit Zucker. Er hatte Hunger. Der Duft des Toastbrots und des Kaffees, die Gerüche des Meeres und des Lorbeers auf der Terrasse weckten eine Wehmut, die sich im frischen Morgen festsetzte. Er musste nach Rabat fahren, und nachdem er das Geschirr weggeräumt und die Lebensmittel zusammengepackt hatte, um sie dem alten Wächter ihres Grundstücks zu geben, duschte er schnell und zog sich an. Das Telefonklingeln überraschte ihn, als er gerade das Gepäck ins Auto trug. Ungehalten stellte er es ab und ging ran. Adam sagte ihm, dass Jawad am frühen Morgen in Tanger angekommen sei, dass er genauer gesagt an Faïzas Tür geklingelt und nach Médée verlangt habe. Ismaïl war fassungslos. Wie hatte sein Bruder Faïzas Haus gefunden? Wie war er nach Tanger gelangt? Sicher mit dem Zug, aber es war kaum möglich, sich Jawad vorzustellen, wie er allein das Haus verließ, ein Taxi heranwinkte, zum Bahnhof fuhr, eine Fahrkarte kaufte, sich ohne Furcht allein in ein Abteil setzte und die Anwesenheit von Fremden um sich herum ertrug. Ismaïl fragte Adam, wie Jawad zu Faïza gekommen sei, und Adam antwortete mit leichtem Spott in der Stimme: »Über die Straße, Papa.« Sie vereinbarten, dass Ismaïl Jawad am Abend abholen würde, denn Médée bestand darauf, dass er zum Mittagessen und am Nachmittag bei ihr blieb. Adam wies noch darauf hin, dass er bei Médée sei, nicht im Haus von Naïm und Faïza. Ismaïl verstand, dass sie Jawad in ihr Haus, ihr neues Atelier einlud, und er stellte sich die Freude seines Bruders vor. Mit einem Mal war der Tag ein anderer. Er rief seine Schwester an, die vor Erleichterung stammelte. Begeistert über Jawads erstaunliche Autonomie fragte sie: »Wie hat er nur ganz allein den Zug genommen? Das Haus gefunden? Ja, wir haben Médées Trauer in seinem Beisein erwähnt! Aber ich hätte nie gedacht, dass es ihm so wichtig wäre, ihr sein Beileid auszusprechen.« Ismaïl trug seine Tasche wieder ins Zimmer, öffnete sie und holte die Badehose heraus. Das Meer erwartete ihn, rosa glänzend unter der gerade aufgehenden Sonne, die die letzten Sterne verjagte. Er genoss, wie es ihn in einen kalten Mantel hüllte und die Müdigkeit der seltsamen Nacht aus ihm vertrieb. Er tauchte lange, spürte bis in die Knochen, wie ihn die Wellen wiegten, der Himmel berauschte seinen Geist, er schwamm lange, achtete aber darauf, sich nicht zu weit vom Ufer zu entfernen, die Weite lockte ihn, aber die Erfahrung des Vortags machte ihn vorsichtig. Die Sonne stieg höher, ihr Licht bedeckte den Strand, als er aus dem Wasser kam. Vor ihm lag ein langer, bis zum Nachmittag freier Tag. Er beschloss, im Café bei Hamid zu Mittag zu essen und sich gemächlich auf den Weg zu machen, durch Tanger zu flanieren und dann zu Médée zu fahren, wo Jawad ihn erwarten würde. Adam hatte ihm erklärt, wie er ihr neues Haus finden würde, das ein paar hundert Meter von dem ihrer Eltern entfernt lag. Als er auf das schmiedeeiserne Tor zuging, über dem Bougainvilleen wucherten, war ihm etwas mulmig, aber schon öffnete Juan die Tür, empfing ihn freundlich mit einer einladenden Handbewegung. Sein Bruder saß auf einer Terrasse unter einer Pergola, um deren Säulen sich blühende Rosen rankten, unter die sich Blauregen und arabischer Jasmin mischten. Das Mittelmeer vor ihnen war so blau, dass der Himmel verblasste. Médée saß Jawad gegenüber und lächelte. Ismaïl bemerkte das Netz feiner Falten um ihre violetten Augen und die grauen Fäden in ihrem üppigen, im Nacken zusammengebundenen Haar, sie war ihm fremd geworden, und ihre Schönheit überwältigte ihn. Juan zog sich taktvoll zurück, »eine Verabredung«, entschuldigte er sich und legte die Hand auf Médées Schulter, ehe er verschwand. Zu dritt saßen sie eine Weile schweigend auf der Terrasse und lauschten dem Gesang der Vögel. Ismaïl wurde von Rührung überwältigt, als führte ihm Médées Schönheit mit einem Mal das Ausmaß seines Verlustes vor Augen. Er hatte vergessen, wie sehr die Anmut in jeder ihrer Bewegungen sein Leben geprägt hatte. Hier auf der Terrasse fand er die schlichte Harmonie wieder, die sie überall verbreitete und die ihn nicht mehr einschloss. Sie bot ihm eine Erfrischung oder einen Tee an, schenkte ihm aus der Kanne aus feinem Porzellan ein, fügte einen Spritzer Milch hinzu, legte einen Keks mit Konfitüre und einen Crêpe mit Orange auf einen Teller. Jawad verfolgte jede Bewegung, und zum ersten Mal sah Ismaïl in seinem Gesicht einen fröhlichen, offenen Ausdruck, er hörte, wie Médée ihm sagte, er sei hier immer willkommen, es gebe ein Gästezimmer, betonte sie, er könne kommen, wann er wolle, jetzt, wo er den Weg kenne. Jawad nickte glücklich, und Ismaïl erklärte, es sei Zeit aufzubrechen, der Weg sei noch weit. Médée entschuldigte sich, sie habe ein Geschenk für Jawad, und verschwand für ein paar Minuten. Sie kam mit einer kleinen polierten Skulptur aus schwarzem Basalt zurück, eine Mutter und ihr Kind, der Kopf des kleinen Jungen auf den runden Knien, die Hand der Mutter in einer liebevollen Geste auf seinem Haar. Jawad grunzte vor Freude und war so aufgeregt, dass Ismaïl fürchtete, die Statue würde ihm aus den zitternden Händen rutschen.

Sie folgten Médée, die sie durch das Haus zur Tür begleitete. Ismaïls Blick glitt über die breiten mit Leinen bezogenen Diwane vor der Glasveranda, die Tischchen aus asiatischem Holz und eine riesige Bronzestatue, sie ist von Juan, dachte er sogleich voll widerstrebender Bewunderung. Die Wände waren mit Kohlezeichnungen, kostbaren Lithographien und Leinwänden in Braun und Elfenbein bedeckt, in den Vasen standen Blumen, eine Decke in lebhaften Farben lag auf einem Kanapee. Ein Künstlerhaus, urteilte er, und das Herz war ihm schwer, sie wählen zu zweit aus, hier ist noch etwas anderes als Médées sicherer Geschmack, eine wildere, fast schroffe Ästhetik, die von der ihren besänftigt und gemildert wird. Überall Bücher, Seiten mit Anmerkungen, Stapel von Skizzen auf den Tischen. Sie war nicht mehr allein, die Frau, die er verkannt hatte, obwohl er sie innig liebte. Juan wohnte in diesem Haus, ganz sicher, auch wenn Samia es leugnete. Er trat ins Freie, drehte sich um und grüßte sie ein letztes Mal, bevor er mit Jawad ins Auto stieg. Médée nickte ihm kurz zu und lächelte Jawad an. Sie hob die Hand zum Abschied, während er die Serpentinen entlang der Vieille Montagne hinunter zu der langgestreckten Stadt fuhr. »Auf nach Rabat!«, sagte er und sah seinen Bruder an, der sofort protestierte und murmelte: »Nein, Jnan Nich, nicht nach Rabat!« Warum nicht?, dachte Ismaïl. Was erwartete ihn in Rabat? Er richtete den Blick wieder auf die Straße und antwortete: »Wir machen, was du willst. Dann eben nach Jnan Nich!«

Verschwinden

Kaum zwei Stunden später waren sie beim Haus; Ismaïl hatte in Tanger noch ein paar Einkäufe gemacht, alles Nötige für einen kurzen Aufenthalt, er wollte zwei Tage später nach Rabat zurückfahren und hatte seine Schwestern angerufen, die Zahra Bescheid sagen sollten. Er wusste, dass es anstrengend sein konnte, mit seinem Bruder zusammen zu sein, jede Veränderung war riskant. Aber die Freiheit, mit der Jawad beschlossen hatte, zu Médée zu fahren, und die Offenbarung seiner Autonomie ließen Ismaïl hoffen, dass die beiden gemeinsamen Tage im Ferienhaus der Familie nicht so kompliziert sein würden, wie man befürchten konnte. Jawad zappelte aufgeregt mit den Händen, als er das Haus betrat. Ismaïl ließ ihn vor der Glasfront zurück und trug ihr Gepäck in das Zimmer, das er Jawad zugedacht hatte, er selbst würde die Nacht auf der Terrasse verbringen, gemütlich auf der Polsterbank, deren Kissen Zahra einst mit weißen Blumen bestickt hatte. Jawad stellte die Statue von Médée auf das mittlere Regal, das einst für Houryas Bücher gebaut worden war. Er drehte sich im Kreis, hin- und hergerissen zwischen der Betrachtung der Statue und der des nahen Mittelmeers. Ismaïl öffnete die Glastür und trat auf die Terrasse, Jawad folgte ihm mit kleinen Freudenschreien. Vor dem Mäuerchen blieb er stehen, ihre Schultern berührten sich und sie lauschten dem kraftvollen Atem des Meeres. Der Himmel schmückte sich mit roten Streifen, als bereitete er das Opfer eines Himmelstieres vor, dessen Blut auf den Horizont spritzte und auch das Wasser in der Ferne rötete. Sie sahen zu, wie die Sonne ins Meer eintauchte, während nacheinander die Sterne angezündet wurden. Ismaïl legte die Hand um die Schultern seines Bruders, der sich nicht rührte; nach einigen Minuten entspannte sich sein Körper und er lächelte. »Wollen wir vor dem Abendessen schwimmen?«, schlug Ismaïl vor. Er wurde von überwältigender Bruderliebe gepackt, als würde die jahrelang unterdrückte Zärtlichkeit plötzlich hervorsprudeln. Jawad nickte, sie zogen sich schnell um und gingen hinunter ans Meer. Am Strand drehte Ismaïl sich um und warf einen Blick auf das Haus, in dem er einst mit seiner Familie den Sommer verbracht hatte. Jawad tauchte, ohne zu zögern, seinen großen, muskulösen Körper in das klare Wasser und schwamm mit kräftigen Zügen hinaus. »Warte auf mich«, protestierte Ismaïl und warf sich fröstelnd in die Fluten. Aber Jawad durchzog mit beeindruckender Regelmäßigkeit die Wellen. Ismaïl rief: »Pass auf, bleib hier, nicht so weit, sonst bist zu müde für den Rückweg!«, und verfolgte ihn. Als er Jawad endlich einholte, drehte der sich um, und er sah das Strahlen seiner goldgepunkteten Augen, wie die Brahims. »Du schwimmst zu weit raus«, schimpfte Ismaïl atemlos, »wir drehen um.« Aber Jawad setzte seine kräftigen Bewegungen fort und entfernte sich immer weiter vom Ufer. »Halt!«, schrie Ismaïl atemlos, machte sich wieder an seine Verfolgung und packte seinen Fuß, um ihn zu bremsen. Jawad drehte sich im Wasser um, sein Oberkörper hob sich aus dem Wasser, während er sich dem Griff seines Bruders entzog. Ismaïl packte seinen Arm. Ein heftiger Schlag traf ihn im Nacken. Ich sterbe, dachte er, während er im dunklen Wasser versank, dann tauchte er wieder auf und klammerte sich an Jawads glatte Schultern. Er öffnete die Augen, die Wimpern voller Salz, der Horizont bestand aus flüssigem Gold, der Algengeruch füllte seine geweiteten Nasenlöcher, sein Kopf war schwer, er spürte, wie er in der Betäubung versank, und schloss die Augen, allmählich von den weißen Strömen eines seltsamen Schaums bedeckt. Befreit schwamm Jawad weiter, entschlossen, die brennende Horizontlinie zu erreichen, während sein Bruder, von Meeresgeschöpfen liebkost, versank, sich langsam um sich selbst drehte, der gleichgültigen Strömung ausgeliefert, nur noch dunkle Abgründe, niemand da, verschwunden.

14. Juli 2020

Bio- und bibliografische Angaben

YASMINE CHAMI, 1966 in Casablanca, wo sie lebt. Studium der Philosophie an der Ecole Normale Supérieure in Paris, Professur in Anthropologie. 1999 ihr erster Roman *Cérémonie* (Actes Sud). Nach der Geburt ihrer Zwillingssöhne 2001 in New York kehrt sie zurück nach Marokko, wo sie in Casablanca das Museum Villa des Arts leitet; sie gründet eine Radio-Film-Produktionsgesellschaft, arbeitet viele Jahre als TV-Redakteurin über Themen zur marokkanischen Gesellschaftsentwicklung und Urbanisierung. Wie in ihrem Roman *Tief ins Fleisch* stellt sie dabei immer wieder die enorm politische Frage nach den Geschlechterverhältnissen in der marokkanischen Gesellschaft; und nicht zuletzt die: Was macht das Patriarchat mit den Männern eigentlich? Alle ihre Romane spielen in Marokko, zuletzt *Casablanca Circus*, 2023; sie schafft mit ihrem ganz besonderen, für Mythologie und religiöse Strukturen offenen Blick und dank ihrer Verankerung in der kollektiven Psyche, den ererbten Kulturen, den Orten eine wirklich universale Literatur, vergleichbar mit der Nadine Gordimers (L'écriture et l'existence). Für ihren Roman *Mourir est un enchantement* erhielt Yasmine Chami 2017 den Arabischen Literaturpreis in der Kategorie Sonderpreis (Institut du monde Arabe).

CLAUDIA STEINITZ, 1961 in Berlin widmet sich seit ihrem Sprachmittlerstudium Französisch und Italienisch an der HU Berlin als vielfach ausgezeichnete Übersetzerin, zuletzt Jane-Scatcherd-Preis, der französischen Literatur; mittlerweile hat sie über hundert Werke aus Frankeich, der Schweiz, Haiti ins Deutsche übertragen; darunter die von Virginie Despentes, Véronique Olmi, Véronique Bizot, Albertine Sarrazine u. v. m. Für die Edition Converso hat sie zusammen mit Tobias Scheffel dem wunderbaren Roman von Belinda Cannone *Vom Rauschen und Rumoren der Welt* (2020) ihre deutsche Stimme gegeben. Um ihr Bedürfnis nach Kommunikation und Weltverbesserung zu stillen, engagiert sie sich in der Weltlesebühne e. V. und im Europäischen Dachverband der Literaturübersetzer CEATL.

FSC
www.fsc.org
MIX
Papier aus verantwortungsvollen Quellen
FSC® C107574

Deutsche Erstausgabe

Originaltitel: *Dans sa chair*

Aus dem Französischen von Claudia Steinitz
Lektorat: Carola Köhler
Umschlagbild: Karsten Müller
nach einer Fotografie von Ali El Madani
Umschlag, Layout und Satz: Fagott Ffm
Gesetzt aus der Delicato Pro und der Ubuntu
Gedruckt auf säurefreiem und chlorfrei gebleichtem Papier
90 g/qm Munken Pure
Druck und Bindung: UAB BALTO print, Vilnius

Printed in Lithuania
ISBN 978-3-949558-31-3

www.edition-converso.com